まねきねこ、おろろん
大江戸もののけ横町顚末記

高橋由太

幻冬舎文庫

大江戸もののけ横町顛末記

まねきねこ、おろろん

目次

主な登場人物

勝《しょう》太《た》……妹のかえでを連れて、再び妖怪の町へ。十二歳。

かえで……壊れた人形の静御前を直すために、初めて妖怪の町へ。十歳。

サジ……黒猫の猫又。妖怪の町で、妖怪飛脚の店を営む。ねずみが苦手。

つくもん……招き猫の付喪《つくも》神《がみ》。もともとは、唐から来た仙虎だと言うが……。

猫《ねこ》骸《がい》骨《こつ》&チビ猫骸骨……妖怪の町で寺子屋を営む妖怪。勝太に文字を教える。

犬神《いぬがみ》……妖怪の町を取り締まる妖怪奉行。

お墨・おぎん・おくま……妖怪の町で暮らす、ツキモノモチの三人娘。

義経《よしつね》……人形浄瑠璃「平家物語」の人形。人形たちのリーダー。

静御《しずかご》前《ぜん》……人形浄瑠璃「平家物語」の人形。男装の佳人。

和《わ》藤《とう》内《ない》……人形浄瑠璃「国性爺合戦」の人形。派手な隈取をしている。

一　ひとりぼっち

1

「まったくもう、お兄ちゃんは」

本所深川の外れにある打ち捨てられた寺子屋の中で、かえでは愚痴《ぐち》をこぼしていた。父母が死に、家賃が払えず長屋を追い出され、今は兄の勝太《しょうた》と二人きりで暮らしている。

いや、正確には二人きりではない。

「また、勝太はお弁当を忘れて行きましたにゃね」

「みゃあ」

毎日ではないが、三日に一度は骸骨《がいこつ》の猫——猫骸骨とチビ猫骸骨の姿があった。ほとんど一緒に暮らしていると言っていい。

「忘れん坊さんですにゃ」

「みゃあ」

二匹そろって、ため息をついている。

実を言えば、この寺子屋は二匹の猫骸骨のもので、かえでと勝太は居候《いそうろう》である。どこまで本当のことか知らないが、遠い昔、二匹はこの寺子屋で暮らしていたという。

猫骸骨とチビ猫骸骨は、人の町に棲《す》む妖怪や幽霊相手に寺子屋をやっている。付け加えると、かえでも勝太も、二匹の猫骸骨師匠の寺子屋で文字を習っていた。教え方がいいのか、二人とも、それなりに読み書きができるようになった。

勝太がおぼえたのは、読み書きだけではない。

「それにしても、ちゃんと働けるようになってよかったですにゃ」

「みゃ」

教え子の成長がうれしいのか、猫骸骨たちがよろこんでくれる。

勝太は人の町で、やっと仕事を見つけていた。といっても、正式に雇われているわけではない。そこらの店に飛び込んでは、荷物を届ける仕事を請け負っているのだ。

大人たちにしてみれば、面白半分であろうが、それなりに仕事を回してくれる。

「最近、サジ、人の町《こっち》に来ないね」

かえでは肩を落とす。

顔を見せなくなったのは、黒猫の猫又であるサジだけではない。

一時期、毎日のように顔を見せていた妖怪たちが、このところ、めっきり訪れなくなっていた。

「また来るよ」

そう言って妖怪の町に帰ったきり、もう半月もサジは姿を見せていない。

一方、猫骸骨とチビ猫骸骨は、もともと人の町に棲んでいた過去もあり、すっかり居着いてしまっている。サジとは反対に、ここひと月くらい妖怪の町に帰っていない。

「サジも約束を破ってはいけませんにゃ」

「みゃ」

かえでが寂しがっていることを知って、二匹の猫骸骨が腹を立てている。

「みんな、忙しいんだよ」

かえでは足の遠のいた妖怪たちをかばった。

実際、働いていないのはかえで一人で、勝太を含めた誰も彼もが忙しそうだった。二匹の猫骸骨にしても、寺子屋が繁盛しており、休む暇もなく働いている。

「今度、みんなを連れて妖怪の町に行きますにゃから、そのときにサジに言っておきますにや」

「みゃ」

二匹の猫骸骨は約束してくれた。

しかし、約束は守られなかった。

現世を彷徨《さまよ》う寺子屋の妖怪の教え子を引き連れ、猫骸骨が妖怪の町に帰って以来、そろそろ一ヶ月が経《た》とうとしていたが、戻って来る気配さえない。

「どうしたのかなあ……」

「忙しいんだろ」

勝太は自分のことで手いっぱいで、返事も素《そ》っ気《け》ない。

「今日も頑張るか」

勝太は言うと、荷物を抱えて出て行った。一日中、飛脚仕事に精を出しており、滅多に家にいないのだ。

こんなふうにして、毎日のように、誰も――妖怪さえいない寺子屋に、かえでは一人ぼっちになるのだった。

2

二匹の猫骸骨師匠がいないので寺子屋に行くこともなく、かえではやることがない。一人で誰もいない家にいると、いっそう寂しいので、日のあるうちは外を散歩することにしていた。

ある日の昼下がり、かえではたった一人で、大川の河川敷にやって来た。

お墨《すみ》やおぎん、おくまが妖怪の町に行ってしまって以来、かえでに人の子の友達はいなかった。

早く友達を作らないとな——。そんなふうに勝太に言われるたびに、かえでは答える。

「人と話すのが怖いんだよ、お兄ちゃん」

金貸しの銀蔵《ぎんぞう》に痛い目に遭《あ》わされ、困り果てているかえでと勝太を見ても、近所の連中は助けてくれなかった。苦しむ二人のことを笑う大人たちもいた。

そんなわけなので、かえでも勝太も、なるべく他人に近寄らず生きている。殊《こと》に、仕事をしていないかえでには、友達どころか、話す人の子の相手さえいない。

「わたしも妖怪の町に行きたいな……」

誰もいない大川の川原で、かえでは呟《つぶや》いた。

お墨たちが妖怪の町に行ってしまったときから、ずっとそう思っているが、口に出しても勝太に反対される。

「人として暮らすんだよ、かえでは」

自分だって妖怪の町に行きたがっているくせに、勝太はそんなことを言う。

親代わりの勝太としては、かえでに普通に結婚して子供を産み、温かい家庭を作って欲しいのだろう。

「だけど、一人は寂しいよ、お兄ちゃん」

言葉とともに、ぽろりぽろりと涙が零《こぼ》れ落ちた。

忙しい中、勝太もかえでに気を使ってくれる。

まだ父と母が生きていたときの話だが、人形一つ持っていないかえでのために、千代紙で姉様人形を作ってくれたこともあった。不器用な勝太が作った、不細工な姉様人形だったが、やさしげな顔をしていた。

かえでは気に入り、毎日のように持ち歩いていた。だが、ある日、大川に落としてしまい、探しても探しても見つからない。

勝太は「諦《あきら》めな」と言ってくれたが、かえでは数日、泣き暮らしたものだった。

自分を養うために、必死に働いてくれる勝太にこれ以上心配をかけたくない。かえでが泣けば、勝太は本気で心配する。だから、兄の前では泣かないように気をつけていたが、一人になると我慢できない。

持ってきた弁当に手をつける気にもなれず、かえでは泣いていた。今のかえでには泣くことしかできない。悲しい気持ちを話す相手さえいないのだ。

どのくらい泣いたか分からないが、ほんの少し、日が傾きかけたころ、かえでの足もとから、

ぐるる、ぐるる――――

――――と、奇妙な音が聞こえて来た。

聞こえて来たのは、ぐるるの音だけではない。

「その弁当、食わぬなら吾輩《わがはい》にくれぬかのう……？」

蚊の鳴くような声が聞こえた。

泣いているところを見られたくない――。慌てて涙を拭き、かえでは誰何《すいか》する。

「え？　誰？」

「誰と聞かれても困るのう……」

妖怪の町に棲む、ぬらりひょんに似たしゃべり方だが、声が違う。ぬらりひょんより、ずっと若い声に聞こえる。

「弁当をもらってもいいかのう……？」

耳を澄ますまでもなく、かえでのすぐ近くから声は聞こえている。しかし、

「どこにいるの？」

見回しても、やっぱり誰もいない。

犬猫のような動物の気配もなく、打ち捨てられた塵《ごみ》がそこら中に転がっているだけである。

奇妙な声に話しかけられたせいか、見慣れたはずの大川の景色が、やけに薄気味悪く見えた。

「吾輩の話を聞いて欲しいのう……」

今度ははっきり聞こえたが、かえでは聞こえない振りをすることに決めた。

「……もう帰ろ」

と、立ち上がったかえでの着物の裾《すそ》がつつんと引っ張られた。——足もとに何かがいる。

ぎくりと胸を押さえながら視線を落とすと、三毛柄の招き猫がかえでを見上げていた。膝《ひざ》丈《たけ》くらいのどこにでもある招き猫だが、普通より目玉が大きく、底抜けの間抜けに見える。

「吾輩も一緒に帰ってやるかのう」

　招き猫は言った。

3

「拾ってきたらダメって言ったろ？」

　寺子屋に帰るなり、勝太に叱《しか》られた。これまで何度か、捨て猫や捨て犬を拾って帰ったことがあり、そのたびに叱られていた。

　しかし、今回は拾ったわけではない。勝手についてきてしまったのだ。

　足もとでは招き猫が、かえでの弁当を食べている。

「ちくわというのは旨《うま》いのう」

　招き猫のくせに、ちくわを気に入ったらしい。その姿を見ながら、勝太がため息をつく。

「だいたい、こいつ変すぎるだろ？　何、これ？」

「変なものではないのう。〝つくもん〟だのう」

　招き猫――つくもんは言い返した。

　大川に捨てられていた薄汚れた招き猫の正体は、妖怪――付喪神《つくもがみ》であった。

人が暮らすには、茶碗や鍋を始めとする道具が必須である。古物の修理や回収が当たり前の江戸の町では、百年二百年もの間、同じ道具を使うことも多かった。

『器物百年を経て、化して精霊を得てより、人の心を誑《たぶら》かす』という言葉があるように、器物の妖怪、すなわち付喪神も江戸の町には珍しくない。

「何だ、付喪神か」

かえでも勝太も妖怪慣れしており、簡単に納得する。しかし、

「ただの付喪神ではないのう」

食べ終えた弁当の飯粒を顔につけて、つくもんは威張っている。

「不細工な付喪神か？」

「違うのうッ」

「じゃあ、何だよ」

面倒くさそうに勝太はため息をついた。

「何を隠そう、吾輩は唐《もろこし》の仙虎だのう」

「唐？　仙虎？」

勝太がきょとんとしている。

それも無理のない話だ。目の前にいるつくもんは、誰がどう見たって薄汚れた招き猫にし

か見えない。

かえでと勝太の疑いの眼差《まなざ》しを鼻で笑いながら、つくもんは口を開いた。

「物知らずそうなおぬしらでも、白額虎《はくがくこ》の名くらいは知っておろうのう？」

「知らね」

勝太の返事に、つくもんはずっこける。

招き猫がずっこけるのも無理もない。白額虎は好事家《こうずか》の間で絶大な人気があるのだ。

「仕方ないのう。教えてやるかのう」

つくもんは語り始める。

大昔、海の向こうの唐で、仏人や道士、妖怪が人間と仏界を二分して天下分け目の大合戦を繰り広げたことがあった。そのときに仏人の一人が騎乗していた虎が白額虎であるというのだ。

「おまえ、白額虎なのか？」

「白額虎ではないのう。まあ、白額虎とは兄弟のようなものでのう」

「へえ」

勝太が感心している。白額虎本人でないにしても、兄弟ならばたいしたものだ。

「お兄ちゃんなの？　つくもんは白額虎の弟さんなの？」

かえでは聞いた。

「〝兄弟〟とは言っておらぬのう」

「ん？」

「親戚の娘が嫁入りした先のとなり村に棲んでいた知り合いのせがれが、白額虎の友人でのう」

つくもんは胸を張っているが「兄弟のようなもの」ではなく、簡単に言えば赤の他人である。

どう突っ込んでいいか分からず言葉を失っていると、つくもんが勝手に宣言した。

「しばらく、ここにいてやろうかのう」


あっという間に、つくもんはかえでと勝太に馴染《なじ》んだ。

「つくもん、ご飯だよ」

「今日のおかずは何かのう？」

「つくもんの大好きなちくわだよ」

「……仕方ないのう。勝太の分も食ってやるかのう」

「食うんじゃねえッ」

勝太と喧嘩《けんか》ばかりしているが、つくもんが来てくれたおかげで、勝太がいなくとも、かえでは一人ぼっちにならずに済むようになった。

見た目も間抜けだが、日本にやって来た理由も間抜けだった。

「白額虎をさがしに来たのだが、迷子になってしまってのう」

そのときのことを思い出したらしく、つくもんは顔を顰《しか》めた。雑な作りの招き猫が顔を顰めると、いっそう間が抜けて不細工に見える。

「何か用事があったの？」

「あったのだのう」

かえでからもらった大好物のちくわを食べながら、つくもんは話を続ける。

「白額虎に弟子入りしたくてのう」

どこまで本当のことか分からぬが、つくもんが言うには、『封神演義《ほうしんえんぎ》』で大活躍した後、何を考えてか、白額虎は日本で暮らしているという。

その白額虎に弟子入りするため、海を渡ったまではよかったのだが、嵐に遭ってしまったらしい。

「飛んで来た屋根にぶつかってのう」

その拍子に、本来の仙虎の身体《からだ》を失《な》くしてしまった。

「真っ白な美しい身体だったのにのう」

つくもんはため息をつく。

仕方なくそこらに転がっていた招き猫に宿った。それから、落とした身体をさがしているうちに空腹で倒れ、死にかけたところをかえでに助けられたという顚末《てんまつ》であった。

「屋根にぶつかるとは思わなかったのう。ひどい目に遭ったのう」

間抜けと言えば間抜けだが、不幸と言えば不幸な話である。

「屋根？」

まさかと思いながら、聞いてみる。

「どこで嵐にあったの？」

「東海道の箱根とかいうところだのう。箱根の山とやらから歩いて来るのは大変だったのう」

つくもんは言った。

4

誰にも——兄にさえも言えぬことだが、かえでは夜が怖かった。

金貸しの銀蔵に売られそうになったことが忘れられず、夜になると身体が震えてしまう。眠れぬまま朝を迎えることも一度や二度ではない。

　この日の夜も、かえでは眠れずに、何度も何度も寝返りを打っていた。目を閉じれば、恐ろしい銀蔵の顔が浮かび、そのたびに、胸が苦しくなった。

　東海道の旅を経て、強くなったつもりでいたが、それはお墨やおぎん、おくまという仲間がいたからのようだ。一人きりになったとたん、昔の弱気なかえでに戻ってしまった。

　かえでの横では、勝太とつくもんが寝息を立てている。

「勝太のちくわを食ってやるのう……」

「食うんじゃねえ、馬鹿猫……」

　寝言でも喧嘩するほど仲が悪い二人だが、そろって寝相が悪く、見れば抱き合うような恰《かっ》好《こう》で寝こけている。

　ぐっすり眠ることのできる二人が羨《うらや》ましかった。

思わず呟いた。起きていると、嫌なことばかり思い浮かぶ。この先も、たった一人で、ずっと眠れぬ夜をすごすのかと思ってしまうのだ。

　だからと言って、勝太やつくもんを起こすわけにもいかず、暗い天井を見つめていると、庭の方からことりことりと物音が聞こえてきた。

とたんに、かえでは青ざめる。

「泥棒？」

一瞬、勝太を起こそうと思ったが、泥棒にしてはやけに音が軽い。言ってみれば、人の子の立てる音とは思えなかった。

もしかして、サジかもしれない――。

真夜中に訪ねて来るものなど他にはいまい。眠りこけている勝太とつくもんを起こさぬように、かえではそっと布団を抜け出した。

寺子屋の外に出たとたん、気味の悪い生ぬるい風が、

ひゅうどろどろ――

――と、頬《ほお》を撫《な》でた。

い、い、い、い、

ひゅうどろどろの音に負けぬよう、かえでは黒猫の名を呼ぶ。

「サジ？　サジなの？」

その声は闇に沈んだ。何度呼んでも、返事は戻って来ない。サジがいるなら、返事くらいはするはずだ。

やっぱり、いないや——。

かえでは肩を落とす。

諦めて寺子屋に帰りかけたかえでの目に、地べたに転がる一体の人形が飛び込んで来た。

膝丈ほどの小さな女の人形だが、その顔つきは美しく、直垂《ひたたれ》に立烏帽子《たてえぼし》、それに白鞘巻《しろさやまき》の刀を差している。男装した佳人の人形だ。

「こんなところに、人形なんてあったっけ？」

首をひねりながら手を伸ばしたとき、

「助けて……」

と、人形がしゃべった。

「え？」

ほんの少しだけ驚きはしたが、猫又だの招き猫の化け物だのと出会ってばかりで、さすがにかえでも慣れてしまった。

「もしかして、生きてるの？　あなた、妖怪さん？」

かえでは女の人形に手を伸ばした。

「次から次へと、おかしなものを拾ってくるな」

翌朝、女の人形を見て、勝太がため息をついた。

「まったくだのう」

自分のことを棚に上げて、つくもんがうなずいている。

「あのなあ」

と、つくもんに文句を言いかけた勝太だが、間抜け顔の招き猫に文句を言っても仕方ないとでも思ったのか、かえでに向き直った。

「お化け人形なんか拾ってきて、どうするつもりだ？」

「お化け人形じゃないよ。名前があるんだよ」

かえでは言い返した。気を失ったのか、眠ってしまった人形だが、ちゃんと名前だけは聞いた。

「〝静御前《しずかごぜん》〟だよ、お兄ちゃん」

「静御前とは大物だのう」

間抜けな顔に似合わず、もの知りなつくもんが感心している。

静御前と言えば、かの源《みなもとの》義経《よしつね》の思い人である。

歴史に名を残すほどに美しく、白拍子《しらびょうし》としても一流の踊り人《びと》だった。静御前の舞う姿は美しく、義経に追っ手をかけた源頼朝《よりとも》でさえ心を奪われたという。

その静御前に似せて作った人形だけに、鼻筋がすうと通り、芍薬《しゃくやく》のように美しい。文句を言いながらも、目が離せぬのか、勝太は人形を見つめている。

しばらく何やら考え込んだ後、ため息混じりに勝太は言う。

「壊れかけてるんだろ？　その人形」

「うん」

かえでは、こくりとうなずいた。

寺子屋に運ぶために持ってみたところ、胸のあたりに罅《ひび》が入っている。放っておけば、いずれ完全に割れてしまうだろう。そのことは勝太に言ってあった。

「医者に診《み》せた方がよいのう」

つくもんが口を挟んだ。

「医者って、人形だぞ」

「すると、人形師に修理してもらうのかのう……」

「うん……」

勝太とつくもんは、しきりに首を捻《ひね》っている。

「とにかく、行くだけでも行ってみるか」

「お医者さんも人形師も駄目だよッ」

かえでは大声を上げた。

お墨たちのことを思い出していた。ツキモノモチとして生まれたせいで、あの三人は女衒《ぜげん》に売られ、結局、人の町にいられなくなってしまった。

見かけは人の子そのままのお墨たちでさえ、その始末なのだ。口を利《き》く人形の静御前が安穏と暮らせるわけがない。

しゃべらなければ平気かとも思ったが、診せる相手は人形をよく知る人形師である。普通の人形との違いに気づくに決まっている。すると、見世物にされるか、最悪、退治されてしまうだろう。

「絶対に、内緒にしないと駄目だよ」

「でも、このままじゃあ……」

勝太は顔を曇らせる。

「死んでしまうのう」

つくもんが縁起でもないことを口にした。

もののけ人形が死ぬのか分からないが、壊れてしまえば動けなくなることだけは確かである。

「勝太、おぬし、直してやれ」

「直せるわけねえだろッ。つくもんこそ、同じ化け物なんだから、どうにかしてやれよ」

「どうにもできぬのう。そもそも吾輩は化け物ではないのう」

まるで頼りにならない兄と招き猫に見切りをつけ、かえでは言う。

「わたしが静御前を直すよ」


直すと宣言したものの、かえでは十歳の人の子にすぎない。

「どうやって直せばいいのかなあ……」

眉間《みけん》に皺《しわ》ができるほど考え込んでも、いい考えは浮かばなかった。浮かぶはずなどないのだ。

貧乏な家に生まれ育ったかえでは、人形遊びをするどころか、人形などまともに見たことがない。そもそも、どう扱えばいいのかさえ分からない。下手《へた》に触って、取り返しのつかぬことになっても困る。

「静御前、ごめんね」

と、謝ることしかできない。

そうこうしている間にも時は流れ、日一日と静御前の罅は広がって行く。胸の罅が痛むのか、人形の静御前は呻《うめ》くばかりで、しゃべらなくなっていた。

「どうしたらいいんだろう……」

べそを掻《か》くかえでの前に、一本の赤い紐《ひも》が差し出された。

「とりあえず、これで縛っておけ」

「それしかないのう」

いつの間にか、勝太とつくもんが、かえでの近くに立っていた。どこから持ってきたのか、美しい一本の赤い紐を手にしている。

「縛れば直るの？」

藁《わら》にも縋《すが》る思いで、かえでは兄に聞いた。しかし、

「分からねえ」

「知らぬのう」

二人そろって首を振った。まったく無責任である。

「もう」

怒りかけたかえでを遮り、勝太は言う。

「縛っておけば、二、三日は大丈夫だろ？」

「二、三日だけ大丈夫でも仕方ないよ」

再び、涙が零れそうになる。

「泣くなってば、かえでッ」

「泣いてはいかんのう」

「だって――」

静御前を助けたいのに助けられない。そんな自分が歯痒《はがゆ》かった。情けなかった。兄に八つ当たりする自分も嫌いだ。

本格的に泣き出したかえでを見て、勝太とつくもんが口を開いた。

「三日もあれば、医者のところに連れて行ける」

「間違いなく行けるのう」

「お医者さんには、連れて行けないって言ったでしょッ。お兄ちゃんの馬鹿ッ」

金切り声を上げてしまった。食いぶちを稼ぐため、必死に働いてくれている兄を怒鳴りつけて悪いとは思ったが、我慢できなかった。

ぽろぽろと涙を零しながら、かえでは勝太に当たる。

「静御前を化け物扱いするに決まってるよッ。だいたい、人の子のお医者様にお人形の怪我が直せるわけないよッ」

「そうだな」

勝太はうなずく。それから、わざとらしく、一瞬の間を置き、もったいつけるように付け加えた。

「確かに、江戸の町の医者には無理だろうな。……でも、妖怪の医者なら、お化け人形を直せるんじゃねえか？」

「え？」

涙がぴたりと止まった。

かえでの肩に手を置き、勝太は言う。

「おれが妖怪の町に連れて行ってやる」

「本当……？」

「おう。こう見えても、嘘と野菜は大嫌いだ」

野菜も食べなければ駄目だのう——。つくもんが呟いたが、かえでは聞いていない。

「ありがとう、お兄ちゃん」

思わずかえでは勝太に抱きついた。

二　再び、妖怪の町へ

1

　その日の夜、町の人々が眠りにつく丑《うし》三つ時を待って、かえでと勝太、それにつくもんは寺子屋の庭にある枯れ井戸に向かった。相変わらず、ひゅうどろどろと薄気味悪い風が吹いている。

　妖怪の町に行くためには、枯れ井戸に飛び込まなければならない。

　しかも、剣呑《けんのん》なことに、すべての枯れ井戸が妖怪の町に繋《つな》がっているわけではないという。

「何か、気味が悪いね」

「そっか？」

　勝太はあっけらかんとしている。

「本物の枯れ井戸だったら死んじゃうよ……」

赤い紐で応急措置を施したばかりの人形の静御前を抱きながら、かえでは怖じ気《おけ》づく。我が兄ながら勝太は万事に無鉄砲で、ときおり——と言うか、頻繁に不安になる。今回にしたって妖怪の町に行くのはいいが、後先を考えているとは思えない。

そんなかえでの気持ちをよそに、勝太は胸を張る。

「大丈夫だよ、心配するなよ」

そう言われても、やっぱり信用できない。

「だって、妖怪の町に繫がっているのか分からないんでしょ？」

かえでは聞いた。静御前は助けたいが、さすがに死にたくない。

「おう。繫がってなかったら、お陀仏《だぶつ》だな」

こんなときばかり歯切れがいい。自分の兄ながら、馬鹿なのかと思う。

「お陀仏って、お兄ちゃん」

「だから、大丈夫だって。おれたちにはつくもんがいるじゃないか」

「確かに、吾輩はおるのう……」

気の進まなそうな声で、招き猫が返事をした。声もその態度も頼りない。

見れば、つくもんの身体には丈夫そうな二本の紐が縛ってあり、その紐は勝太とかえでの腰に伸びていた。

「この紐があれば平気だ」

「紐をどうするの？」

「身体を縛るんだよ、自分の」

「え？」

謎解き口調で勝太は言う。

「落ちたら、つくもんに引っ張り上げてもらえばいい」

妖怪の町から人の町に帰ってきたばかりのころ、枯れ井戸に飛び込み死にかけた勝太を、青行灯《あおあんどん》やぬらりひょんたちが引っ張り上げてくれたことがあったという。

「妖怪の町に繋がる枯れ井戸じゃなかったら、つくもんに引っ張り上げてもらえばいいんだよ。まあ、命綱ってやつだ」

勝太は胸を張る。

言いたいことはよく分かるが、肝心のつくもんが自信なさげな顔をしている。

「二人も引っ張り上げられるかのう……」

どうにも心許《こころもと》ない。考えてみれば、白額虎に憧れているだけの小さな付喪神にすぎない。

勝太とかえでの二人を引っ張り上げる妖力があるのか疑わしい。

やっぱり、家に帰ろうよ――。そう言いかけたとき、胸に抱えた人形の静御前が軽く呻いた。早く妖怪の町の医者に診せないと、静御前が死んでしまう。どうすれば助けられるのか、かえでには分からない。妖怪たちを頼るしかないのだ。

かえでの様子を見て、勝太が口を開く。

「そっか、つくもんじゃ無理かあ」

「無理だのう。高いところは苦手でのう」

勝太の誘いに乗ってこない。今にも、寺子屋に帰りたそうな顔をしている。

「吾輩、もう眠いのう」

と、欠伸《あくび》をして見せる。徹底的にやる気がない。

わざとらしく、ため息をつき、勝太は独り言のように呟く。

「白額虎なら余裕なんだろうな、人の子を引っ張り上げるくらい」

「余裕に決まっておるのう」

先刻までとは打って変わった自信たっぷりの顔で、つくもんが胸を張る。白額虎の話になると目を輝かせる。

「白額虎なら朝飯前に決まっておるのう」

「本当か？」

勝太は疑わしそうな顔を作る。

「本当は白額虎なんて、たいしたことないんじゃないのか？」

「無礼なことを抜かすでないのう」

つくもんが怒っている。よほど、白額虎のことが好きなのだろう。多くの場合、〃好き〃は〃隙《すき》〃に繋がる。

「だって、白額虎の身内のくせに、つくもん、怖がってるじゃん」

「白額虎の身内？」

招き猫の耳がぴくりと動いた。

「あれ？　身内じゃなかったっけ？」

勝太の台詞《せりふ》はますます白々しい。

物事を信じやすく騙《だま》されやすいかえでさえ、ため息をついてしまう。しかし、

「身内に決まっておるのう。嫁に行った先の近所に棲んでいた男の友人が、白額虎でのう。吾輩とは家族のようなものだのう」

間違いないとばかりに、つくもんはうなずいた。

誰がどう聞いても家族ではない上に、前に聞いた説明と変わっている。それなのに、

「おおッ。すげえなッ」

勝太は感心した振りをしている。

「ふん。ようやく吾輩の凄《すご》さが分かったようだのう」

胸を張るつくもんに、勝太が駄目押しの言葉を投げつけた。

「だったら、おれたちを紐で引っ張ることなんて余裕だろ？　頼むぜ、白額虎の身内のつくもん」

2

「何をしておるかのう。早く飛び込まねば、夜が明けてしまうのう」

つくもんが催促する。

白額虎の身内と言われて、よほどうれしかったのか、先刻までと打って変わり、無駄に威勢がいい。

そんなつくもんを見て、かえではいっそう不安になる。

「本当に大丈夫なの？」

招き猫の置き物に宿っているだけとはいえ、つくもんの身体はやっぱり小さい。かえでと勝太の身体を引っ張り上げることができるとは思えない。

「心配いらぬのう。泥船に乗ったつもりでいればよいのう」

「泥船じゃあ沈んじゃうよ……」

つくもんを信じ切れないかえでを尻目に、勝太が枯れ井戸の縁に飛び乗った。

「さっさと行こうぜッ」

躊躇《ためら》うことなく枯れ井戸に飛び込んだ。

「しゅわっちッだのう」

わけの分からぬ掛け声とともに、つくもんも後を追いかけた。傍《はた》から見れば、元気のいい心中だ。

「ちょっと待ってッ」

悲鳴を上げたが、遅かった。

紐に引っ張られ、かえでも枯れ井戸に落ちた。

「南無阿弥陀仏、南無阿弥陀仏」

と、どこからともなく――たぶん、枯れ井戸の底からお経を唱える声が聞こえ、会ったこともない虎と狼の和尚《おしよう》の顔が思い浮かんだが、きっと気のせいだろう。

吸い込まれるような感触とともに、ひゅうどろどろと生ぬるい風がかえでの身体を包み込む。

あまりの気持ちの悪さに、ぞわりぞわりと鳥肌が立つ。

「つくもん――」

助けを求めようと見たとたん、かえでは固まった。つくもんが気を失っている。

高いところは苦手でのう――。

あのときの言葉は嘘ではなかったのだ。

「起きてッ。起きてったらッ。起きてくれたら、ちくわをあげるからッ」

大声を上げるが、つくもんは目を開ける素振りもなく、ひゅんと落下していく。

「起きてくれないと死んじゃうよ……」

人形の静御前を抱く腕に、いっそう力を入れたとき、突然、暗闇が終わった。

吐き出されるように枯れ井戸から弾《はじ》き出され、気づいたときには地べたに転がっていた。

見上げれば、いつ朝がやって来たのか、お天道《てんとう》様が顔を出していた。

「生きてる……」

ほっと胸を撫で下ろす。それから、おそるおそる周囲に目をやれば、すぐ近くに勝太とつくもんが倒れており、さらに見回せば寺子屋を始め、見おぼえのある風景が広がっている。

「あれ？　帰ってきちゃったのかなあ……」

自分の身に何が起こったのか分からず、途方に暮れていると、勝太とつくもんが目をさました。

「おっ、妖怪の町に着いたみたいだな、たぶん」

「ちくわはどこかのう?」

兄と招き猫が呟いた。

「本当に妖怪の町なの?」

かえでは勝太に聞いた。

枯れ井戸に飛び込んだのは確かだが、目に映る景色は江戸の町そのもので、もののけの棲む妖怪の町とは思えない。生ぬるい風も吹いていないし、空を見上げれば爽やかに晴れている。

「そうだと思うけど……」

確信が持てぬのだろう。自信なさげに勝太は答える。

「吾輩にも分からぬのう」

枯れ井戸で気を失っていたつくもんは、ここでも役に立たない。

「妖怪なんてどこにもいないよ」

かえでは言ってやった。

ちなみに、いないのは妖怪だけではない。妖怪の町でないのなら、人の子がいるはずだが、人っ子一人いなかった。

江戸田舎の本所深川の外れだけに、もともと、ひと気《け》は少ないが、まったく見当たらないのはおかしい。

「みんな寝ておるのかのう」

「まさか」

そう言いながら、かえでは首をひねる。何が起こっているのか分からぬが、ここで突っ立っていても仕方がない。

「取り敢《あ》えず、寺子屋に入ってみようぜ」

勝太は言った。


寺子屋の中にも誰もいなかった。

ここが人の町であれば、誰もいなくても不思議はない。勝太の言うようにここが妖怪の町なら、猫骸骨とチビ猫骸骨がいるはずだ。教え子の妖怪たちだっていなければおかしい。

人形の静御前を奥の部屋に寝かせてから、三人は教場に足を踏み入れた。

「何か変だよ、お兄ちゃん」

かえでは言った。

いくつもの机が並べられ、その上には帳面と硯《すずり》が出しっ放しになっており、ついさっきまで、手習いの授業をやっていたように見える。

とりあえず、妖怪の町に辿《たど》り着いたようだが、様子がおかしい。かえでは江戸の町で噂の怪談話を思い出した。

どこぞの村に旅人が訪れたところ、誰も村人がおらず、そのくせ、誰かが暮らしていた形跡があったという。

〝幽霊の村〟

その怪談話は、そんなふうに呼ばれている。

「消えてしまったように見えるのう」

「ああ」

かえでが思い浮かべたのと同じ怪談話が、脳裏を過《よぎ》ったのだろう。つくもんと勝太が気味の悪そうな顔をしている。

本物の妖怪や幽霊と付き合いがある上、人語を操る招き猫と暮らしているくせに、勝太は怪談話が得意ではない。今も落ち着かない様子で、きょろきょろと寺子屋の中を見回している。

「みんな、どこに行ったんだよ？」

「知りたくないのう。気味が悪いのう」

つくもんは怯《おび》えた顔で、勝太の足もとにまとわりついている。高いところだけでなく、怪談話も苦手らしい。

男二人の怯える姿を見ているうちに、かえでの方は落ち着いてきた。

「大丈夫だよ、二人とも。怖くないよ」

そう言ったとき、壁際の机が、

がたりッ――――

――――と、音を立てて動いた。

「ひぃッ」

声をそろえるようにして、勝太とつくもんが悲鳴を上げた。抱き合いながらぶるぶる震えている。

かえでは、勇気を振り絞って声をかけた。

「誰か、いるの？」

男二人が当てにならぬ以上、かえでががたりの正体を確かめるしかあるまい。

「いるのなら、出てきて」

かえでの呼びかけに返事をするように、再び、がたりがたりと文机《ふづくえ》が音を立てて揺れた。

「やっぱり、何かいるッ」

勝太はいっそう大きな悲鳴を上げ、つくもんは気を失いそうな顔で「何も見えないのう……。吾輩には何も見えないのう……」と呪文のように繰り返している。

一方、かえでは怖くなくなっていた。文机の揺れ方が勝太とつくもんの震え方に似ており、かえでの目には怯えているように見える。

「大丈夫だよ。わたしたち、何もしないよ」

文机に声をかけてみた。すると、

「本当ですかにゃ？」

「みゃ？」

聞きおぼえのある声と一緒に、猫骸骨とチビ猫骸骨が顔を出した。勝太とつくもんと同じように抱き合って、がたがたと震えている。

「師匠？」

勝太が目を丸くする。

慣れない敬語で聞く。

「机の下で何をやってるんですか?」

「隠れてましたにゃ」

「みゃ」

猫骸骨とチビ猫骸骨は声を潜《ひそ》めている。隠れていたのは見れば分かる。聞きたいのは、なぜ、隠れていたか、だ。

「かくれんぼですか?」

「違いますにゃ」

「みゃ」

二匹そろって首を振り、いっそう小さな声で付け加える。

「妖怪の町が〝人形たち〟に乗っ取られましたにゃ」

「みゃ」

3

かえでたちが寝静まったのを確かめ、静御前は起き上がった。傷の亀裂が軋《きし》んだ気がしたが、静御前は呻き声一つ上げなかった。

平気なのだ。

人の子のかえでと勝太は勘違いしていたが、人形である静御前は痛みを感じない。もちろん、壊れてしまえば動けなくなるが、人の子のように苦痛を伴うわけではなく、そもそも、寝込むはずがなかった。

かえでが縛ってくれた赤い紐を確かめ、静御前は寺子屋から外に出た。

妖怪の町。

ひと気も妖《あや》かしの気配もないが、今はそれが妖怪の町にやって来た証《あかし》だ。

「間もなく〝人形の町〟になる。妾《わらわ》たちの新しい舞台ぞ」

静御前は言った。

＊

ほんの数ヶ月前まで、静御前は仲間たちと箱根の山奥で暮らしていた。「仲間たち」というのは、人形浄瑠璃《じょうるり》の人形たちのことだ。

人形浄瑠璃では、三味線と浄瑠璃節に合わせて、人の子の役者の代わりに、人形使いが人形を操って劇をする。

その歴史は古く、江戸幕府が開かれたころ、すなわち、文禄《ぶんろく》・慶長《けいちょう》の世に発生したと言われている。

そのころから、静御前は仲間たちと一緒に舞台に立っていた。

もちろん、そのときはただの人形で、口を利くことも自分の意思で動くこともできなかった。だが、〝心〟とやらは持っていた。喜怒哀楽、人の子と似たような感情があったのだ。

人の子に操られていると言えばそれまでだが、舞台で物語を演じるのは楽しく、充実した日々を送っていた。

人形浄瑠璃の人気は高く、東海道を行ったり来たり、江戸・大坂・京と、町で興行を打った。どこに行っても見物客で溢《あふ》れ、演技をするたびに拍手喝采を浴びた。

舞台に立つたびに静御前は思った。

永遠にこの時間《とき》が続けばいい――。

しかし、その願いは叶《かな》わない。

カタチある物である以上、物事には必ず終わりがある。人の子に寿命があるように、人形にも〝死〟がある。

人形の〝死〟というのは、特に人形浄瑠璃の場合、人形使いに見放されることに他ならない。舞台に立てなくなることが何よりも恐ろしかった。

そして、その日は唐突にやって来た。

人形の静御前の胸に小さく亀裂が走っているのを、人形使いが見つけた。

きっと直してくれる——。

またしても、人形の静御前の願いは叶わなかった。

「そろそろ寿命だな」

そんな一言とともに、東海道の脇の藪《やぶ》に投げ捨てられた。もう一度、舞台に立ち、拍手喝采を浴びたかった。

〃心〃はあるが、動くこともしゃべることもできない人形の静御前は、誰もいない藪の中で、仲間たちとすごした日々を思った。

二度と会えぬであろう人形仲間の顔や、かってはやさしかった人形使いの顔を思いながら、たった一人で雨風《あめかぜ》に晒《さら》された。

やがて、いくつもの夜を数えたある日、静御前の手足が動いた。

人形使いが帰ってきた——。

人形の静御前は周囲を見回したが、やっぱり誰もいない。

「妾の身に何が起こったぞや？」

口を開けば、人語までが飛び出した。

いっそうわけが分からない。

戸惑っていると、背後の闇から、やさしげな声が聞こえてきた。

「ようやく動けるようになったのですね」

聞きおぼえのない声のはずなのに、懐かしく思えた。

〝魂の半身〟

芝居がかった言葉が脳裏に浮かんだ。

人形の静御前は闇の向こうに誰何する。

「おまえさまは誰ぞ?」

「わたしを忘れたのですか、静」

暗闇から現れたのは女顔の美男子の人形——源義経であった。

人形使いもいないのに、人形の義経は動き、そして、しゃべっていた。人形の静御前と同じように。

この日から、人形の静御前は〝もののけ〟となった。

三　奪われた千代田の城

1

暮れなずむ妖怪の町に、

ぴぃひゃら、ぴぃひゃら――

――と、悲しげな笛の音が鳴り響く。

千代田のお城の庭先で、人形の平敦盛《たいらのあつもり》が笛を吹いている。

一ノ谷の戦いで、若くして悲劇的な死を迎えた人形の笛の音は、美しく、そして、いつも寂しげに曲を奏でる。

妖怪の町の象徴とも言える千代田のお城にいるのは、人形の敦盛だけではない。

人形の静御前と義経は言うに及ばず、弁慶《べんけい》に源頼朝、義仲《よしなか》、巴《ともえ》御前、さらには平清盛《きよもり》に白《しら》河《かわ》天皇と、『平家物語』に登場する者の人形たちが顔をそろえている。

蹴鞠《けまり》をするものもあれば、舞いを舞うものもおり、皆、思い思いに楽しんでいる。劇の上では源平は敵だが、同じ舞台に立つ身、人形同士は仲がよかった。普段から、少しでもよい舞台を作り上げようと結束していた。

一同に向かって、人形の義経が口を開く。

「あと一歩で妖怪の町が手に入ります」

人形たちのまとめ役でありながら、義経は丁寧な口調を崩さない。威張りくさらないからこそ、皆に一目も二目も置かれているのだ。

愚かな人の子と違い、人形は分を弁《わきま》えている。

そもそも、人形浄瑠璃の人形は、作られたそのときから役割が決まっている。地位を争う真似《まね》などするはずがない。

主役を演じることの多い人形の義経は、源平のお化け人形に向かって冷静に言葉を続ける。

「ただ、邪魔者がおります。人の子がこちらにやって来ました」

人形たちの間から、ざわめきが起こった。

「何と？」

「人の子とは、ふざけおって」

人形使いに捨てられた過去を持つ人形たちだけに、声に恨みが籠《こ》もっている。芝居のような仕草で、泣き崩れた人形もいた。

「心配無用」

相変わらずの落ち着き払った口振りで、人形の義経は言う。

「人の子も妖かし同様、退治すれば済むことです。相手は子供がたった二人です」

退治――。

声に出さず、静御前はそっと心の中で呟いた。

義経たちが妖怪の町を手に入れようと決めたのは、ほんのひと月前のことである。

それまで、静御前たちは、箱根近くの山奥で、ひっそりと暮らしていた。

旅回りの人形使いたちも多く行き来する東海道沿いの山林は、古くなった人形の恰好の捨て場となっていた。月日が流れるごとに仲間は増えたが、誰もが満たされぬ思いを抱《いだ》いていた。

一口に〝妖怪〟と言っても様々である。例えば、猫又や犬神、妖狐《ようこ》のような動物のもののけなら山で暮らすことも苦痛ではなかろうが、静御前たちは人形のもののけ――付喪神の仲間である。人の子に似せて作られた身体つき一つ取っても、山で暮らすようには作られていない。

何よりも、人形たち自身が町場——せめて、屋根のある家での暮らしを望んでいた。仲間と暮らせる家が欲しかった。山ではなく町で暮らしたかった。

「叶わぬ願いというものです」

義経は肩を竦《すく》めた。

人の子たちは、もののけや幽霊を恐ろしいと言うが、現実に目をやれば、その妖怪たちを追いやって世を支配している。お化け人形ごときが勝てる相手ではない。あっという間に退治され、燃やされてしまうだろう。

「このまま隠れて暮らしましょう」

義経は言った。

敦盛の笛の音が、いつもより物悲しく聞こえた、ある日の夜のことである。箱根に向かう東海道近くの山道が騒がしい。剣呑な怒声や悲鳴が聞こえる。どうやら、人の子たちが争っているらしい。

「またですか」

人形の義経がため息をついた。

人の子たちが争うことは珍しいことではない。家康《いえやす》とやらが天下を統一してからも、大小問わず、毎日のように争い、殺し合っている。

人間《じんかん》五十年
下天の内《うち》を比ぶれば
夢幻《ゆめまぼろし》の如《ごと》くなり
ひとたび生《しょう》を享《う》け滅せぬもののあるべきか

人の子たちは、わずか五十年の人生さえも争わずして生きて行けぬのだ。

馬鹿馬鹿しいと思いながらも、人恋しさから皆で足を運んだ。

人の子同士の下らぬ争いと決めつけていたところ、とんでもない風景が目に飛び込んで来た。

「ひょひょひょ――」

わけの分からぬ奇声とともに、妖かしと人の子が戦っていた。

「まさか……」

いつも冷静な義経でさえ、驚いている。

ろくに明かりもなく闇に包まれていた平安時代ならともかく、今は江戸の世である。妖かしと人の子が争うなど考えられない。それこそ、絵草子か人形浄瑠璃の話だ。

しかし、幽霊や陰陽師《おんみょうじ》らしき輩《やから》までが入り交じり戦っていた。しかも、妖怪が人の子――それも子供の味方をしている。

そうこうするうちに決着がつき、人の子供と猫又が何やら語り合っている。幽霊の夫婦をどこぞに――幸せに暮らせる町に連れて行くというのだ。

〝妖怪の町〟

そんな言葉が静御前の耳に届いた。

「調べてみる価値はありそうですね」

義経は言った。

実際に価値はあった。

信じられぬ話だが、この世とあの世の狭間《はざま》に妖怪の町があり、人の世と繋がっているというのだ。

義経の決断は早かった。

「妖怪の町を手に入れる」

こうして、人形たちは合戦の支度を始めた。

東海道で人の子を倒した妖怪たちは、隙だらけだった。

その中でも猫又の子分らしき三匹はまるで無防備で、すぐ近くに人形がいても気づかないあり様である。

殊に、江戸の町に帰り気が抜けたのか、醜い愚痴を並べ始めた。

「サジってば、本当、人使いが荒いわ。あたしたちを殺すつもりかしら……」

「やってられねえぜッ」

「ひょひょひょ」

ぺらぺらとよくしゃべる三馬鹿妖怪のおかげで、妖怪の町の詳細を知ることができた。

聞けば、妖怪の町とやらは人の町と瓜二つで、城もあれば町もあるという。そして、妖怪の町に行くために枯れ井戸を利用するらしい。

人の子がいない江戸の町。

それが手に入れば、望んでいた暮らしができる。

「妖怪の町を落とすのは簡単です」

〝合戦の申し子〟と呼ばれた義経は言う。

「将軍がいるのなら、そこを攻めればいい」

城を落とせば勝ち——。義経はそう言っているのだ。

三馬鹿妖怪を見れば分かるように妖怪たちは呑気《のんき》で、その町は平和そのものらしい。将軍でさえ供を連れずに一人歩きをしているようだ。

一方、合戦の劇を演じることも多い人形たちは、ある意味、戦い慣れている。

しかも、東海道の藪で暮らすうちに、人形仲間がどんどん集まり、数も多くなっている。

このごろでは、近松門左衛門の時代物や世話物の『曽《そ》根崎心中《ねざきしんじゅう》』『心中天網島《しんじゅうてんのあみじま》』『女殺油地《おんなころしあぶらのじ》獄《ごく》』や『国性爺《こくせんや》合戦《かっせん》』に登場する、源平ではない人形も増えていた。

「油断できないのは人の子です」

人の子の残酷さを知る義経は用心深い。

子供ではあるが、妖怪たちには人の子が味方している。

「ここは静御前に様子を探らせましょう」

義経は思案顔で呟いた。

2

かえでたちが目覚める前に、寺子屋に帰ろうと静御前は足を早めて城を出た。

疑い深いくせに、他人《ひと》をすぐ信じるのが人の子です――。義経の言葉が脳裏を過ったとき、風もないのに近くの木がかさりと揺れた。

思わず足をとめた静御前に向かって、木の天辺から声が降ってきた。

「話は全部、聞きましたにゃ」

「みゃ」

二つの小さな影が、

にゃんぱらりんッ――

――と、地べたに舞い降りてきた。

妖怪寺子屋の師匠・猫骸骨とチビ猫骸骨である。ずっと、つけてきていたのだろう。千代田の城に入らずとも、舞台に立つよう作られた人形たちの声は大きい。城の近くで耳を澄ましていれば、およそ聞こえてしまう。

二匹の猫骸骨は静御前を睨《にら》みつけた。

「あんた、ひどい女ですにゃ」

「みゃ」

人形たちが町を占拠したとき、どさくさ紛れに隠れていたと思えぬほどに威勢がいい。弱い妖怪のくせに喧嘩腰だ。

いつも臆病な妖怪が、威勢がいいのには理由があった。

「最初からおかしいと思ってたんだ」

そんな言葉とともに道端の藪から、その理由——勝太が現れた。

人の子の子供は言う。

「ずっと騙してたんだろ？　おれやかえでのことを」

妖怪の町で暮らしていただけあって、勝太はもののけに詳しい。

「人形浄瑠璃のお化けが痛がるわけねえよ」

静御前のひび割れかけた胸のあたりを指さした。

勝太の言う通りだった。

人形の種類にもよるが、荒事芝居を演じることの多い人形浄瑠璃の人形は痛みを感じない。ましてや、痛みから気を失うことなどあろうはずがなかった。

「おれは馬鹿じゃねえよ」

最近、妖怪たちが人の町にとんと姿を見せないことと考え合わせれば、何かが妖怪の町で起こっていると予想できる。

さらに二匹の猫骸骨から事情を聞き、予想は確信へと変わっていた。人形たちが妖怪の町を奪おうとしている、と。

勝太が怒っているのは、妖怪の町が奪われかけていることだけではなかった。

「かえでのことを騙すんじゃねえよ」

「許せませんにゃ」

「みゃ」

勝太が悲しげに呟き、二匹の猫骸骨が人形の静御前に歩み寄りかけたとき、夜空から二枚の紙片が、
ひらり、ひらり――――

――と、降ってきた。

吸い込まれるように、ひらりひらりが二匹の猫骸骨の額に貼りつく。

「にゃ……」

「みゃ……」

猫骸骨とチビ猫骸骨の動きが、ぴたりと止まった。棒を飲んだように、カチンコチンの姿勢で立ち尽くしている。

額に貼りついた紙片には、『伊勢神宮』の文字があった。

「――泳がされていたとも知らず馬鹿な連中だ」

静御前の背後の闇から、野太い声が聞こえた。

「義経の計略通りだな」

派手な隈取《くまどり》の人形が歩いて来た。手下として、大虎の人形を従えている。

和藤内《わとうない》。

人形浄瑠璃の妖かしの仲間である。

和人を母に、唐人を父に持つ鄭成功《ていせいこう》を題材に取った人形浄瑠璃の主役で、江戸の世で大当たりを取っている。

ちなみに、和藤内の名は、混血児で和人でも唐人でもないという意味である。襲いかかってくる猛虎でさえも、伊勢神宮の札の威徳で従えるほどの強き者であった。人形の義経でさえ、一目も二目も置いている。

荒事芝居の主役の中でも勇猛な演技を強《し》いられた人形の和藤内は、ほんの少しくたびれただけで東海道に捨てられてしまった。そのぶん、他の人形たちに比べても、人の子たちへの恨みは深かった。

「くそッ」

舌打ちする勝太に向かって、和藤内は言う。

「妖怪はすべて捕えた」

その言葉は嘘ではない。和藤内の伊勢神宮の札によって、妖怪の町の妖かしたちを捕えたのであった。妖怪の町の将軍——公方《くぼう》様を捕えると、他の妖怪は抵抗すらしなかったという。

「人の子、次はきさまの番だ」

「捕まらねえよッ」

勝太は逃げにかかる。確かに、人の子である勝太に伊勢神宮の札は効くまい。しかも、小柄なだけあって、勝太はすばしっこい。

「後でまた来るからなッ」

捨て台詞とともに姿を晦《くら》まそうとしたとき、石礫《いしつぶて》が、
ひゅんッ——

——と、飛んできた。

ごつんッと音を立てて石礫は脳天に命中し、勝太は地べたに倒れた。見れば、気を失っている。

「人の子とは愚かなものですね」

どこからともなく人形の義経の声が聞こえた。

天狗礫《てんぐつぶて》。

鞍馬山《くらまやま》で育った義経が習得した、上空から石を降らせる天狗の術である。当然のように人形の義経も使えた。

「まだ生きておるぞ」

血の気の多い人形の和藤内が、大虎の人形をけしかけようとする。

「お待ちなさい」

姿を見せぬまま人形の義経が命じた。

殺すつもりなら、最初から天狗礫で殺している。勝太を殺さぬよう、わざと手を抜いたのだ。

「なぜ殺さぬ？」

不服そうな人形の和藤内に人形の義経は言う。

「まだ、こやつの妹が残っていいます。生かしておいた方がいいでしょう。人質として」

3

永遠に続くかに思われた暗闇の向こう側から、聞きおぼえのある声が聞こえた。

「……勝太、大丈夫？」

サジだ。

黒猫の猫又が、名を呼んでいる。

「勝太、起きて」

言われるがままに目を開けようとしたが、ずきりずきりと頭が痛んで、上手《うま》くいかない。明るいところに出て行きたくない。もう少し、このまま暗闇にいよう――。そう思いかけたとき、不気味な声が耳もとで聞こえた。

「あら、寝てる勝太ちゃんも可愛いわねえ。あたしったら、チュウしちゃおうかしら」

「ひょひょひょ」

「チュウよ、チュウ」

「わしもするのう。唇がいいかのう。ひょひょひょ」

何かが勝太の顔に近づいて来る。危機だ。いろいろな意味で危険が迫っている。

「やめろッ」

悲鳴とも怒声ともつかぬ雄叫《おたけ》びを上げ、勝太は飛び起きた。目を開けたとたん、青行灯と、ぬらりひょんの不気味な顔が目に飛び込んできた。

「あら、元気じゃない」

「残念だのう。ひょひょひょ」

と、笑っている。

間近で化け物二匹を見たせいか、再び、頭にずきりと激痛が走った。手を当ててみると、大きなたん瘤《こぶ》ができている。

お化け人形にやられたことを思い出し、腹立ち紛れに、たん瘤を強く押してしまった。

「痛《いて》ッ」

思わず呻き声を上げた。

「勝太ちゃんってば、だらしないわねえ」

「情けないのう。ひょひょひょ」

「うるせえッ」

さらに続けて言い返してやろうとした勝太の目に、黒ずんだ格子――檻が飛び込んできた。

窓のない板敷の景色が、蠟燭《ろうそく》らしき仄《ほの》かな灯《あ》かりに照らされ、湿気を帯びた空気が伸《の》しかかってくる。生ぬるい風も吹いていないのに、ぞわりぞわりと鳥肌が立った。

「ここは——」

「牢屋敷だよ」

答えたのはサジだった。

檻の中に閉じ込められているのは、サジたちだけではない。目を移せば、一つ目小僧に大入道、さらに、ろくろ首など何匹もの妖怪たちの姿がある。

しかし、勝太の知っている妖怪の姿はあまりなかった。

「ここって伝馬町《てんまちょう》なのか？」

勝太は聞いた。自分の声と思えぬほど、小さく震えていた。

怯えるのも当然の話で、伝馬町牢屋敷と言えば、泣く子も黙る牢獄である。罪を犯した悪人たちを閉じ込めておく場所だ。

見たことも、当然ながら入ったこともないが、入ったが最後、二度と出て来られないと言われている。

人の町の伝馬町と、この牢屋敷が一緒かは分からないが、おどろおどろしいのだけは確かだった。

「うん。妖怪の町の伝馬町だよ」

「他の連中はどこだ？」

勝太は聞いた。

剣術使いのカマイタチや骸骨武者、炎を操る犬神がいれば牢から逃げ出せると思ったのだ。

「他の牢に閉じ込められてる」

サジは答えた。

千代田のお城に出入りしていた妖怪飛脚のサジだけに、妖怪の町の伝馬町の造りにも詳しいらしい。

聞けば、妖怪の町の伝馬町には、大小合わせて百に近い牢屋敷があるという。やたらと数が多いが、それにはちゃんと理由があった。

「妖かしの入る牢屋だからね」

サジは肩を竦める。

刀を操る妖かしには鉄の檻、炎を操る妖かしには水辺の檻が用意されていた。言ってみれば、妖力封じの檻だ。

「じゃあ、ここは……？」

特別な檻には見えない。ただ薄暗いだけの木の檻だ。おそらく、人の町の檻と大差なかろう。

サジや青行灯たちが答えるより早く、牢の外から声が聞こえた。

「非力な妖怪の檻ですよ」

いつの間にやら、檻の外に美しい少年の人形が立っていた。

この人形の顔は勝太も知っている。人形浄瑠璃でお馴染みの牛若丸《うしわかまる》——九郎判官《くろうほうがん》源義経の人形だ。

「妖怪たちをどうするつもりだッ？　殺すつもりかッ？」

勝太の怒声に、義経の人形がくすりと笑う。

「どうもしませんよ。そもそも妖怪の殺し方も知りませんし」

「何だと？」

「このまま、しばらく牢で暮らしてもらいます」

義経は牢の外の壁や天井、床に目をやる。そこら中に、見おぼえのある紙片が貼られていた。

「逃げられないように、妖怪の町《こちら》の伝馬町中に伊勢神宮の札を貼ってあります」

二匹の猫骸骨を搦《から》めとったあの札だ。

「化け物封じの札です」

「おまえだって、化け物だろッ？」

腹立ち紛れに勝太は言ってやった。しかし、

「そうかもしれませんね。でも、わたしたちは人の子の作った物ですから」

人形の義経は肩を竦めた。

人の望まぬ化け物を封じるのが伊勢神宮の札であり、人形は人の子に作られた物——つまり、望まれた存在なので、札の霊力は及ばぬと言うのだ。

「おれは平気だぞ」

勝太は言ってやる。それこそ人の子の勝太に札は効くまい。

「ダメなりに人の子のようですからね。しかし——」

独り言のように呟くと、すらりとした指で檻を指さした。

「あなたに檻は壊せないでしょう」

「くっ」

ただの人の子が檻を壊せぬのは当たり前のことだが、場面が場面だけに、ぐうの音も出なかった。

「うろちょろと目障りなので、檻に入れただけです。殺すつもりはありませんが、しばらく入っていてください」

「しばらくって——」

「百年か二百年くらいを予定しております」

人形の義経は言った。

四　三匹の仔狐

1

　お天道様が昇っても、勝太と二匹の猫骸骨は帰って来なかった。夜中、どこかに出て行ったらしく、影も形もない。書き置きの一つもなかった。

「どこに行っちゃったんだろ？」

　かえでは心細い。

「飯でも食いに行ったのではないかのう。勝太は食い意地が張っているからのう」

　つくもんは欠伸を噛《か》み殺している。

「ご飯かなあ……」

　何かが間違っている気もするが、確かに、勝太も二匹の猫骸骨も食い意地が張っている。

夜中に腹を減らし、何かを食いに行くのは、ありそうな話だ。

「そのうち、帰って来ると思うのう」

「そうかなあ……」

完全に納得したわけではないが、ほんの少し、ほっとした。

気が抜けたせいか、かえでとつくもんの腹の虫も鳴いた。

「吾輩も腹が減ったのう」

「わたしもだよ」

考えてみれば、昨日の夕暮れごろから何も食べていない。

「何か食べに行くかのう」

つくもんの提案に、少しだけ考えた後、かえでは口を開く。

「奥の部屋で寝てる静御前も連れてくるね」

医者に連れて行こう——。そう思った。


妖怪の町は、やっぱり人の町とそっくりだった。

「でも、本当に誰もいないんだねえ」

懐《ふところ》に人形の静御前を入れ、つくもんと一緒に歩きながら、かえでは首を傾《かし》げた。長屋も店らしき建物もあるが、見事に誰もいない。耳に痛いほどの静寂に包まれていた。東海道の山中だって、もう少し音があった。

これでは医者どころか、食い物屋で飯にありつくことさえ難しい。

「腹が減ったのう……」

つくもんの腹の虫が、ぐるるぐるると鳴り続けている。

「静御前、ごめんね」

かえでは懐の人形に謝った。引っ張り回すだけで、手当てをしてやれないのが申し訳ない。

「妾は大丈夫ぞ」

小声で人形の静御前が返事をした。耳を欹《そばだ》てなければ聞こえぬほどの小声だが、その声ははっきりしており、大丈夫そうに聞こえる。これ以上、割れないように紐で縛ったのがよかったのかもしれない。

「そっか」

ほっと胸を撫で下ろしたとき、突然、つくもんが駆け出した。

「どうしたの？　つくもん」

「いいにおいがするのう。あっちに旨い物があるのう」

そう言いながら、一目散に走っていく。

「そっちには木しかないよッ」

かえでは声をかけた。

「待ってってばッ」

「断るのう」

行く先には雑木林があるだけで、食い物屋があるようには見えない。それでも、つくもんは走って行く。まさか、放っておくわけにもいくまい。

「仕方のないつくもんだねえ」

かえでは後を追った。


雑木林の中に三匹の仔狐《こぎつね》がいた。

いや、本物の仔狐ではない。仔狐の面を被《かぶ》っている小娘だ。しかも、この小娘のことを、かえではよく知っている。

「かえるではないか？」

色の浅黒い小娘が、仔狐の面を外した。

「お墨ちゃん？」

「うむ。おぎん姉さんとおくまもいるぞ」

目の前に、ツキモノ三人娘が並んだ。生まれて初めての友達たちだ。

「みんな……」

かえでの目から涙が零れた。会いたくて会いたくて、仕方がなかった。

「なぜ、泣いている？」

「うれしいんだよ。もう会えないと思ってたから」

「そうか、かえるはうれしいと泣くのか」

「いい加減に、わたしの名前をおぼえてよ」

「うむ。分かった」

真面目《まじめ》な顔でお墨はうなずくが、きっと分かっていない。

「妖怪の町でも屋台をやってるの？」

「その通りだ、かえる。よく分かったな」

すぐ近くに屋台が置かれているのだから、見れば分かる。かつて、かえでもお墨たちと一緒に屋台で働いたことがあった。

ちなみに、稲荷《いなり》寿司の屋台は小娘たちのものではなく、他に持ち主がいる。

「ナルはいないの？」

かえでは人の姿をした妖狐をさがした。

妖怪の町一の大泥棒の顔も併せ持つナルは、旨い稲荷寿司を食わせる屋台の主《あるじ》でもあった。

「んだ」

返事をしたのは、おくまだった。

名は体を表す。熊のように大きな身体で、おくまは言う。

「人形に捕まっただ」

聞けば、大虎の人形を従えた派手な隈取を施した人形に捕えられたという。

「……え？　人形？」

かえでは懐の人形の静御前に目をやった。しかし、

「あれ？　静御前がいない……」

いつの間にか、人形の姿が消えていた。

消えたのは、人形の静御前だけではなかった。

「つくもんもいないよ」

誰も彼もが消えてしまうように思え、かえでは不安になる。

「どこに行っちゃったのかなあ……」

べそを掻きかけたかえでの肩に、やさしく手が置かれた。

「大丈夫ですわ」

おぎんである。

狐憑《きつねつ》きのおぎんは、かえでにとって姉のような存在だった。お淑《しと》やかな美人で、やさしくて頼りになる。

「つくもんも静御前もいなくなっちゃったんだよ」

泣き言を零すと、今度は、お墨が口を開く。

「つくもんというのは、この間抜け顔の招き猫のことか？」

「え？」

見れば、お墨がしゃがみ込んでおり、その視線の先の地べたには穴が掘られている。深い落とし穴に見える。

今さらながら、耳を澄ませば何やら声が聞こえてくる。

「……助けて欲しいのう」

つくもんの声だ。

慌てて駆け寄ると、地べたの穴に稲荷寿司をくわえた招き猫と人形の静御前がいた。さらに、そんな二人に絡みつくように動く細長い影が見える。

「蛇がたくさんおるのう。にょろにょろは苦手だのう」

泣きそうな声で、つくもんは言った。

「この穴は……？」

「食い逃げを捕まえる蛇穴だ」

お墨は言った。

2

食い逃げのつくもんを木に縛りつけた後、かえでは人形の静御前に聞いた。

「どうして……。どうして、逃げようとしたの？」

かわいそうとは思うが、人形の静御前は鳥籠《とりかご》に閉じ込めてある。つくもんは食い逃げ確定だが、物を食わぬ静御前が逃げ出した理由が分からない。

「逃げる？　逃げた方がよいのは、おまえらの方ぞ」

静御前は、無表情のまま呟いた。

ある日、突然、妖怪の町に異変が起こった。

散歩の最中の公方様が捕えられ、それを人質に、人形たちが千代田のお城を占拠してしまった。

人の世と同じく、妖怪の町も士農工商。戦うことのできる妖怪は武士だけである。

その武士たちは公方様に、絶対忠誠、第一に将軍の身の安全を考える。ゆえに、公方様の身柄を押さえられては、刀を抜くことさえできない。

気づいたときには、千代田のお城は占拠され、武士妖怪たちは伝馬町の牢に押し込められた。

その後も、人形たちの動きは素早かった。千代田のお城の異変が広まるより早く、町場の妖怪を捕えてしまったのだ。

人形浄瑠璃の人形たちのしわざだからか、芝居を見ているように鮮やかな手並みであったという。

「何が起こったのかわけが分からなかっただ」

おくまが肩を竦めた。

運の悪いことに、そのとき、ナルは千代田のお城におり、巻き添えを食らって、人形たちに捕まってしまったらしい。

そのことをお墨たちに知らせたのは、二匹の猫骸骨だった。

「みんなも早く逃げますにゃ」

「みゃ」

そんな言葉を残して行ってしまった。これから人の町に逃げるという。

早く逃げろと言われても、ツキモノ三人娘に行き場はない。

人の町に帰るにしても、通り道なのかただの枯れ井戸なのか分からず、一歩間違えれば死んでしまう。

「どうしようもありませんわ」

おぎんは肩を竦めた。

結局、細々と屋台をやりながら、味方の妖怪たちが帰ってくるのを待っていたところ、かえでたちが顔を出したというわけだ。

「これから、どうするの？」

かえでは聞いた。

ツキモノ三人娘は黙り込む。かえで一人増えたところで、状況は変わっておらず、相変わらず、にっちもさっちもいかない。

「とりあえず、吾輩の紐を解いて欲しいのう」

つくもんの声が聞こえた。

やっぱり、人の子とは愚かなものだ——。

鳥籠の中で、人形の静御前は思う。

招き猫のつくもんを交え、小娘たちは、この先どうするかを話し合っている。人形たちが欲しいのは妖怪の町で、人の町には用がない。

「人の町に逃げ帰ればよかろうぞ」

人形の静御前は教えてやったが、かえでたちは聞く耳を持たない。わいわいがやがやと話し続ける。

「わたしは、お兄ちゃんたちを助ける」

「わたしたちもナルさんにはお世話になってますわ」

「んだ」

「仕方がないのう。吾輩も手伝ってやるかのう」

「招き猫、おまえは飛べるのか？」

「少しなら飛べるのう」

「では、口から火は吐けるか？」

「吐けるかッ」

「面白味に欠ける招き猫だな」

状況が分かっていないのか、和気藹々《あいあい》としている。

愚かというべきか、わけが分からないことは他にもある。

敵と知りながら、人形の静御前を壊そうとしないのだ。それどころか、かえでときたら、申し訳なさそうに頭をさげるのだ。

「そんなところに閉じ込めちゃって、ごめんね」

愚か者め――。

嘲笑《わら》ってやったつもりが、なぜか声が出なかった。割れかけた胴体のせいなのかもしれない。ときどき、胸のあたりがずきりとする。

「本番はこれからぞ」

人形の静御前は呟いた。

3

「信じられぬ」

そのころ、千代田のお城で人形の和藤内が唸《うな》っていた。牢屋敷に閉じ込めたはずの妖怪たちが、一匹残らず消えてしまったのだ。

「実際に消えてしまったのですから、信じるしかありませんね」

言葉こそ冷静だったが、人形の義経の表情も決して明るくない。

相手が神出鬼没の妖怪だけに、最初から檻そのものに期待はしていなかった。しかし、

「伊勢神宮の札が効かなかったというのか」

人形の和藤内は舌打ちする。

「そんなはずはないでしょう」

人形の義経は眉《まゆ》を顰《ひそ》めながらも、ゆっくりと首を振った。

千代田のお城、そして、妖怪の町を攻めたとき、伊勢神宮の札の前に、妖怪たちは手も足も出なかった。

「どうも様子がおかしいですね」

人形の義経は呟いた。

何がおかしいのかと言えば、檻にも札にも傷一ついていない。煙のように妖怪たちが消えてしまっただけで、他は今までと変わりがない。

何が起こったのか、さっぱり分からぬ人形の義経の目が床の一点を捉《とら》えた。目を凝らせば、ほんの少しだけ段ができている。

「まさか」

人形の義経は檻の中に入って行った。

「何をしておる？」

人形の和藤内も後に続き、檻の中に足を踏み入れた。

「何に気づいたのだ？」

「謎は解けました」

人形の義経が床に屈《かが》み込みながら、和藤内の名を呼んだ。

「手を貸してくれませんか？」

「む」

あっという間に、妖怪消失の謎は解けた。床板を剝《は》がすと、人の子が入れるくらいの大きさの穴が掘られていた。

そして、その穴は通路になっており、おそらくは牢屋敷の外に繫がっている。何なのか、すぐに分かった。抜け道だ。

妖怪たちに逃げられた――。

「ふざけた真似をしおって」

ぎりぎりと悔しがる人形の和藤内を尻目に、人形の義経は落ち着いていた。

「すぐに後を追わせましょう。それに、心配はいりません。こちらには、切り札があります」
九郎判官の人形は笑った。

五　脱出

1

「痛《いて》えッ」

狭く薄暗い地下道の中、勝太は転んだ。

とたんに後ろが詰まり、文句が飛んでくる。

「何やってるのよ、勝太ちゃん」

「早く行けってばッ」

「ひょひょひょ」

「よく見えねえんだから、仕方ねえだろ」

勝太は言い返してやった。

このとき、勝太は妖怪たちと一緒に、牢屋敷の抜け道——地下道を走っていた。

提灯《ちょうちん》小僧や火の玉、ふらり火が足もとを照らしてくれるが、人の子の勝太にとってはやっぱり暗く、すぐに躓《つまず》いてしまう。

「こんな抜け道があるとは」

そう言ったのは先刻から、顔を顰《しか》めている妖怪奉行の犬神だった。

「本来なら、ただでは済まさぬところだ」

と、サジを睨みつける。

「もちろん、ただじゃないよ」

黒猫の飛脚は澄ました顔をしている。


ほんの一刻《いっとき》前のこと。突然、牢屋敷の中でサジは口を開いた。

「そろそろ商売を始めるよ」

ただでさえ静かな牢の中が、いっそう静まり返った。牢に閉じ込められた恐ろしさから、おかしくなってしまったと思ったのだ。

唖然《あぜん》とする一同を尻目に、サジの乱心は続く。

「お金さえもらえれば、おいら、何でも運ぶよ」

「……ちょっと、サジちゃん、大丈夫？　何を言ってるのよ？」

「何って、おいらの商売の話だよ」

真面目な顔でサジは答えた。この顔つきにはおぼえがある。何か企《たくら》んでいるときの顔だ。新しい商売を始めようとするとき、こんな顔をする。

何でも運ぶ商売――。

勝太は思い浮かんだ台詞を口にする。

「おれたちのことを牢の外に運んでくれ、サジ」

「あいよ」

サジはそう言って、自分が座っていた場所の床板を剝がした。


「信じられないやつだな」

地下の抜け道を駆けながら、勝太はため息をつく。

〝頼まれれば何でも運ぶ妖怪飛脚〟

その売り文句に嘘はなかった。サジときたら、牢に入っている連中の仕事も引き受けていたのだ。牢屋敷の床下の抜け道は、そのために掘ったものだという。芝居がかっているにもほどがある。

「物を運ぶだけで、悪いことをした妖怪《ひと》を逃がしたことはないよ」

言い訳のように付け加えた。どうにも嘘くさい。

「これ以上は、聞かぬ方がよいようだな」

犬神の顔が、いっそう渋くなった。

牢屋敷の地下に抜け道を作るなどという大がかりな仕事だ。サジ一人のしわざではあるまい。しかも、サジに手を貸す妖怪には心当たりがある。

「公方様にも困ったものだ」

妖怪奉行はため息をついた。サジと悪ふざけをする公方様の姿が思い浮かんだのだろう。

しかし、今はそんな場合ではない。

その困った公方様は、人形たちに囚《とら》われたままだ。牢屋敷ではなく、千代田のお城に閉じ込められている。犬神としては、一刻も早く助け出したい。

「まさか、このまま人の町に逃げるつもりか？」

犬神がサジを問い詰める。

人形たちの狙いが妖怪の町を手に入れることにあるのだから、人の町に逃げてしまえば追っては来まい。特に、半端な猫又のサジなら、たやすく人の町に馴染めるだろう。

サジより早く骸骨武者が口を開いた。

「妖怪飛脚、拙者《せっしゃ》、おぬしに仕事を頼みたい」

「何を言っておる？」

戸惑う犬神を尻目に、骸骨武者は続けた。

「公方様を人形の静御前たちから取り返して欲しい。拙者たちのもとに運んでくれ」

「あいよ」

再び、サジは仕事を引き受けた。

2

「本当に、ちくわをくれるのかのう？」

疑い深い目で、つくもんがかえでたちを見ている。

「うむ。本当だ」

お墨がうなずいた。

雑木林の中で、これから、どうすべきか話し合ったが、年端も行かぬ小娘たちによい案が浮かぶはずもなく、結局、千代田のお城に乗り込むことになった。

「大丈夫なの？」

かえでは不安で仕方がない。

一方、ツキモノ三人娘は自信たっぷりであった。

「白額虎が味方にいるのだから勝てますわ」

「余裕だな」

「んだ」

つくもんの話を真に受け、しかも、本物の白額虎と混同してしまっているのだ。

「白額虎に人形を蹴散らしてもらいましょう」

「うむ」

「んだ」

「白額虎じゃないよ」

かえでは言うが、三人娘は聞く耳を持たない。

「身内なら似たようなものですわ」

おぎんでさえ、つくもんを強い妖怪と決めつけている。

かえでだって信じたい。でも、枯れ井戸の中で気を失った姿が脳裏を掠《かす》める。あの様子を見て、信じろという方が無理というものだ。

吹くだけ吹いたはいいが、いざ、千代田のお城に乗り込むとなったとたん、つくもんの腰は引けていた。

「今日は腹の調子がよくないのう」

わざとらしく、腹をさすったりしている。

つくもん以上に、かえでの気は進まぬが、他に勝太たちを助ける方法も思い浮かばない。仕方なく、かえでは約束した。

「ちくわを買ってあげるから頑張って、つくもん」

とはいえ、作戦も何も思いつかない。

「作戦など必要ありませんわ」

「うむ。蹴散らせばいい」

「んだ」

確かに、『封神演義』の白額虎は仙虎であり、神仙に匹敵する力を持っている。白額虎なら人形の妖怪なんぞに負けまい。しかし、

「だから、つくもんは白額虎じゃないんだってば」

同じ言葉を繰り返しすぎて、疲れてきた。

「うむ。知っておる。白額虎の飼っていた猫がもらわれた先の、近所に住んでいたのだろう？」

また話が変わっている。

「ならば、身内のようなものだ」

「んだ」

「では、参りましょう」

さっさと歩き始めてしまった。

三人娘は皆人里離れた山奥の村で生まれ育ち、人に慣れていないだけに、他人を疑うことを知らない。

一方、腰の引けていたつくもんも、度胸を決めたのか、やけくそ気味に大口を叩く。

「吾輩に任せておけばよいのう。大船に乗ったつもりでついてくるがよいのう」

とたとたと短い足を動かし、ツキモノ三人娘の先頭に立った。招き猫の姿なので、やっぱり強そうには見えない。はっきり言えば、弱そうだ。

つくもんの後ろを歩きながら、お墨が言う。

「かえる、留守番は頼んだぞ」

「留守番って、ここ雑木林だよ」

人形の静御前の入った鳥籠を手に、かえでは皆の後を追った。

3

地下の抜け道を抜けると、町外れ――江戸で言うところの本所深川の端に出た。千代田のお城に近いとは言えぬ場所だ。

「お城に行くんじゃないのか？」

勝太はサジに聞いた。

千代田のお城に捕まっている公方様を助ける仕事を引き受けたのに、むしろ町外れに向かっている。

「やっぱり逃げるのか？」

勝太の言葉にサジは首を振る。

「おいら、引き受けた仕事はちゃんとやるよ」

その割には足を緩めず、千代田のお城から遠ざかっていく。

「ならば、なぜ、城に行かぬ？」

苛立《いらだ》たしげに犬神は言うが、黒猫サジは足を止めない。

「おいらたちが戻っても、人形たちに勝てないよ」

「くっ」

舌打ちするも、それ以上何も言わなかった。

悔しいが、サジの言う通りだった。公方様を人質に取られた上、人形の手には、妖怪の動きを封じる伊勢神宮の札まであるのだ。

しかも、古来より城攻めには多くの兵を必要とする。公方様がいなくとも、妖怪たちだけでは難攻不落の千代田のお城を落とせまい。

勝太は、黒猫の猫又を問い詰める。

「どうするつもりだよ？」

「味方を連れてくる」

独り言のように、サジは呟いた。

「味方？　おぬし、まさか――」

犬神が聞きかけたとき、行く手に大きな影が現れた。

「逃げられると思ったか」

地べたを揺らす低く重い声が響いた。

見れば、何百もの手下を連れた僧形の人形が立っていた。手には天を突くほど巨大な薙刀《なぎなた》が握られている。

この人形の名なら、勝太でも知っている。

武蔵坊《むさしぼう》弁慶。

源義経の従者として、三草山、屋島、壇ノ浦の合戦で名を残している。衣河館《ころもがわのたち》における義経最後の合戦では、立ったまま死ぬという立ち往生を演じ、人形浄瑠璃では主役扱いされることも多い。義経に勝るとも劣らぬ天下無双の強者であった。

しかも、現れたのは、弁慶だけではなかった。

「妖怪というのも愚かなものですね」

背後に人形の義経が現れた。こちらも手勢を率いている。

「サジちゃん、挟まれちゃったわよ。ちょっと、どうするつもりなの？」

「こんなに早く追いつかれるなんて」

さすがのサジも、普段付き合いのない人形が相手だけに、計算が狂ったらしい。

人形の義経は命じる。

「弁慶、その黒猫には気をつけてください。それさえ押さえれば、我々の勝ちです」

「御意《ぎょい》」

薙刀を片手に、人形の弁慶がサジに近寄って来る。

「サジとやら、真っ二つにしてやろう」

人形の弁慶の薙刀がサジに向かって走った。が、猫又の身体には届かず、

きんッ――――

――と、火花が散った。

その火花を追いかけるようにして、若い男の声が聞こえた。

「重い一撃でござるな」

カマイタチだ。

長髪の若き二枚目剣士が、腕の刀で巨大な薙刀を受けている。

「小僧、何のつもりだ？」

いっそう薙刀に力を込めながら、人形の弁慶が低く唸った。カマイタチの刀が人形の弁慶の薙刀に押されて行く。

「馬鹿力でござるな……」

カマイタチの顔が曇った。力勝負では分が悪い。

しかも、天才的な剣士とは言え、平和な妖怪の町の住人だけに殺し合いなどしたことがないのだろう。素人目《しろうとめ》に分かるほど、人形の弁慶に圧倒されている。

人形の弁慶の薙刀に押し潰《つぶ》されかけたとき、

すぱんッ――

――と、風が走った。

人形の弁慶の僧衣の裾が、ぱらりと切れた。新手の剣士のしわざだ。

後方に飛びながら、弁慶はすぱんッの音の主を睨みつけた。

「カマイタチ、助太刀《すけだち》するぞ」

骸骨武者が刀を構えていた。

人形の弁慶を前に、妖怪の町で、一、二を争う剣士が、刀を手に並んでいる。

「弁慶ッ」

駆けつけようとした人形の義経の行く手を、今度は青白い炎がぶわりと遮った。

「義経、きさまの相手は、この犬神様だ」

青白い炎を身に纏《まと》った妖怪奉行が、人形の義経を睨みつける。

「犬神様――」

加勢しようとするサジを目で制し、犬神は口を開く。

「ここは任せろ。早く行け、サジ、勝太」

「早く行けって、どこに……？」

戸惑う勝太の袖《そで》を引き、小声でサジは言う。

「助けを呼びに行くんだよ、おもちゃの町に」

六　調子が悪い

1

千代田のお城が見え始めたとき、先頭を歩くつくもんが立ち止まった。

「どうかしたの――」

聞きかけて、かえでは言葉を飲み込んだ。

いつの間にか、人形の大虎が行く手を遮っている。馬よりも大きく、見るからに恐ろしげな顔をしている。

それなのに、三人娘は怯える素振りを見せない。

「邪魔だ、人形」

「退《ど》かないと怪我をしますわ」

「んだ」

勇ましく人形の大虎を挑発している。

「こっちには白額虎がいる。分かってるのか、虎」

お墨が言葉を重ねたとき、聞きおぼえのない男の声が大虎の背後から聞こえた。

「白額虎だと？　ふん、面白い」

そんな言葉とともに、顔に派手な隈取を施した唐様の人形が現れた。

「和藤内、妾はここぞ」

鳥籠の中から人形の静御前が、人形——和藤内を呼んだ。

その言葉をすらりと無視し、人形の和藤内はかえでたちに言う。

「皆殺しにしてくれる」

和藤内の言葉を合図に、大虎が牙《きば》を剝《む》いた。人形とは思えぬ剣呑な牙を剝き出しにし、一歩二歩と娘たちの方に近づいて来る。

「うむ。つくもん、出番だ」

「頼みますわ」

「んだ」

ツキモノ三人娘は招き猫の背中を押した。

先刻から一言もしゃべらず、仁王立ちよろしく人形の大虎を睨みつけているつくもんの姿は、かえでの目から見ても凛々《りり》しく逞《たくま》しい。

「つくもん、頑張ってッ」

しかし、つくもんは歩き出そうとしない。静かに立ち尽くしている。いくら何でも静かすぎる。

「む？　どうした？」

「早く倒してください」

「んだ」

もう一度、ツキモノ三人娘がつくもんの背中を軽く押した。

すると、招き猫の身体が、
こてん――

――と、地べたに倒れた。

「つくもんッ」

慌てて駆け寄ると、白目を剝いて気を失っている。枯れ井戸のときといい、恐ろしい目に遭うと気を失う癖があるらしい。これには味方だけでなく、敵である人形の和藤内までもが驚いている。

永遠とも思える長い沈黙の後、お墨が口を開いた。

「今日は調子が悪いようだ。命拾いしたな、人形」

2

ちょうど、そのころ、勝太はサジと大川堤を走っていた。

二人を逃がすため、犬神ら妖怪たちは身を挺して人形たちと戦っている。

人の町と違い、妖怪の町の大川堤の桜は、一年中、咲いている。今も、うるさいくらいに、ひらひらと薄紅色の花びらが舞っていた。

そんな美しいひらひらの中、勝太は唇を噛んでいた。口に出しても仕方ないと知りながら、何度も同じ言葉を口にする。

「みんな、大丈夫なのかよ」

妖怪たちのことが心配だった。

「たぶんだけど、捕まったと思う」

振り返ることなく、サジが答えた。

人形たちの方が戦い慣れたものの数が多い上、公方様を人質に取っているのだ。犬神やカマイタチにしても、本気で戦うつもりはなかろう。

「くそッ」

悪態を吐《つ》いても、勝太にはどうすることもできない。舞い戻っても捕まってしまうのが関の山だ。

気になっているのは、妖怪たちの安否だけではない。

「かえでは大丈夫なのか……」

今さらだが、人形の静御前は敵の仲間である。つくもんは一緒にいるだろうが頼りない。十中八、九、かえでは人形たちの手に落ちている。

「どうすればいいんだよ」

頭を抱える勝太に向かって、冷淡とも思える口振りでサジは言う。

「川に飛び込めばいいと思うよ、おいら」

「え？」

サジを見れば足を止め、真面目な顔で、轟々と流れる大川を指さしている。

「あの川に、おれが飛び込むのか？」

「うん」

無邪気な様子で、黒猫がうなずいた。

咲き乱れている桜の花が邪魔をしてよく見えぬが、大川の水位も深く、飛び込めば間違いなく、溺《おぼ》れてあの世行きであろう。

「サジ……、頭、大丈夫か？」

「うん」

再び、元気よくうなずいた。そして、一直線に勝太を目がけて突進して来た。本当に、大川に突き飛ばすつもりなのだ。

「おいッ。やめろッ」

逃げかけたが、相手はもののけ、疾風のような速さで突っ込んできた。人の子にどうこうできるはずはない。

避けることもできず、サジを抱き止めるような恰好で、大川堤から転げ落ちた。

川に落ちる――。

思わず目を閉じた勝太の背中が、硬い板のようなものにぶつかった。

地べた？

感触が違うし、やけに揺れている。

「上手く流れに乗れば、すぐに着くよ、勝太」

腹立たしいほどに落ち着いている、サジの声が聞こえた。

目を開けると、桜の花の天井があった。

ちらりと横を見れば、サジが櫂《かい》を操っている。

船。

大川に落ちたのではなく、勝太とサジは船に乗っていた。粗末な造りの小さな船だが、すいすいと桜の咲き乱れる大川を進んで行く。

「船なら船って言えよ。死ぬかと思ったぜ」

「死ぬ思いをするのは、たぶん、これからだよ」

ぼそりとサジは言った。

3

和藤内に捕まったかえでたちは伝馬町の牢屋敷ではなく、千代田のお城の天守の破風《はふ》近くにある座敷牢に閉じ込められていた。

ツキモノ三人娘は普段と変わらぬ様子で、長閑《のどか》に会話を交わしている。

「居心地は悪くありませんね」

「うむ。雑木林で寝るよりいい」

「んだ」

囚われの身とは思えない。

ちなみに、座敷牢に閉じ込められているのは、かえでたちだけではない。

「ずいぶん余裕があるのだな」

高貴な声が話に割り込んで来た。

「その方《ほう》たち、怖くないのか？」

そう聞いたのは、妖怪の町の将軍——公方様であった。妖怪たちを押さえ込むための人質として、公方様は千代田のお城に幽閉されていた。

「うむ。わたしは怖くないぞ、ゴボウ様」

偉そうな口振りで、お墨は答えた。しかも、例によって、大いばりで名前を間違えている。

言っても無駄だと知りながら、かえでは訂正する。

「ゴボウじゃなくて公方様だよ、お墨ちゃん」

「うむ。分かっておる、かえる」

お墨はうなずくが、きっと分かっていない。きっと、これからも「ゴボウ様」と言い続けるだろう。

不敬な言い間違いを気にする素振りも見せず、公方様は問いを重ねる。

「なぜ、怖くないのだ？」

「当たり前のことを聞くな、ゴボウ様」

お墨は胸を張った。その隣では、おぎんとおくまも自信たっぷりの顔をしている。

「当たり前ですわ」

「んだ」

ツキモノ三人娘の視線の先には、いまだ気を失ったままのつくもんが、床に転がっている。

「まさか……」

かえでは呆然《ぼうぜん》とする。

しかして、そのまさかだった。

「さっきは調子が悪かったが、わたしたちには白額虎がついている」

「最強ですわ」

「んだ」

まだ、つくもんが強いと信じているのだ。

「ほう、白額虎が味方なのか」

公方様までが期待のこもった目で、つくもんを見つめ始めた。

「白額虎じゃないよ」

言っても無駄だと知りながら、かえでは念を押す。

「うむ。友達の親戚の隣人だ。簡単に言えば白額虎の身内だな」

お墨は言い切った。

もはや、原形を留《とど》めていない。

「ほう」

公方様が感心している。城の外を知らぬためか、世間知らずであった。お墨たちの言葉を信じてしまったようだ。

「公方様、お墨ちゃん、あのね――」

根気強く間違いを正そうと頑張ったが、お墨がかえでの言葉を遮った。

「大丈夫だ、かえる」

「だから、大丈夫じゃないんだよお」

「つくもんが調子悪くとも、きっと勝太が助けてくれる」

お墨は言った。

七　おもちゃの町

1

そのころ、勝太は死にそうな思いをしていた。

乗り慣れぬ船に揺られ、気分が悪くなったのだ。簡単に言えば、船酔いである。そんな場合でないことは分かっているが、これればかりは仕方がない。

「いつになったら着くんだよ」

蚊の鳴くような声で、船頭のサジに聞いた。

「もうすぐだよ、もうすぐ」

先刻から同じ台詞を繰り返している。

田舎の「もうすぐ」は信じられぬと相場が決まっているが、サジの「もうすぐ」も信じられない。

「だいたい、ここ、どこなんだよ？」

心細くて仕方がない。

動いていることは確かだが、咲き乱れている桜の花のせいで、まるで景色が変わっていないように思える。船酔いということもあって、自分がどこにいるかも分からなくなっていた。

「おれ、もう本当にダメかも……」

情けない声さえ出なくなりかけたとき、船がすうと止まった。

「着いたよ、勝太」

「え？」

慌てて周囲を見渡したが、出発した場所と変わらぬ景色が広がっている。

「ここって大川堤じゃねえのか？　妖怪の町だろ？」

「大川堤だけど、妖怪の町じゃないよ」

船を川岸に着け、サジはひらりと陸地に上がった。

「妖怪の町じゃないって――」

「おもちゃの町に着いたんだよ、勝太」

人の世で、海の向こうに唐人が住んでいるように、妖怪の世でも川や海を隔てて、様々な町があるという。ここ、おもちゃの町の他にも、骸骨の町や、水の町や火の町など、聞けば、きりがない。

妖怪飛脚であるサジは、金さえもらえれば別の町にも荷物を届けるという。

「それが、おいらの仕事だからね」

妖怪の町と同じように桜の咲き乱れる大川堤を歩きながら、サジは言った。

前々から気になっていたことを勝太は聞く。

「そんなに金を貯めて、どうするんだよ？」

妖怪の町でも金持ちや貧乏はあるが、人の町と違い、金がなくとも生きていける。

浪人のカマイタチは言うに及ばず、文福茶釜《ぶんぶくちゃがま》や猫骸骨のように仕事を持っていても、たいていの妖怪は、のほほんと暮らしている。その中で、サジだけが異質だった。ただ一匹、必死に金を貯めている。

「おいら、ずっと人の町で暮らしてたから、きっと、お金が好きなんだと思う。勝太だって、お金がないと困るだろ？」

「うん。まあ……」

分かったような分からないような理屈にうなずきかけたとき、前方から握り拳《こぶし》ほどの大き

さのサイコロが、

ころころ――――

――――と、転がってきた。

「ん？」

反射的に、拾い上げようと手を伸ばした瞬間、サイコロから、

にょきり――――

――――と、手足が生えた。

しかも、サイコロの一《ピン》の面に目と口が浮かび上がっている。

「うわッ」

驚きのあまり間抜けな声を上げ、尻もちをついてしまった勝太の目の前で、手足の生えたサイコロが口を開いた。

「サジ、人の子を連れて何の用であるか？」

武家の家老のような、よそよそしいしゃべり方である。

「助けて欲しいんだよ、サイコロノ介」

サジは頭を下げるが、手足の生えたサイコロの妖かし――サイコロノ介はにべもない。

「断る」

「話くらい聞いてくれたっていいだろ」

思わず口を挟んだ勝太を、サイコロノ介はぎろりと睨みつける。

「聞かなくとも知っておる。人形たちに町を奪われたのであるな」

何もかもお見通しらしい。

「知ってるなら、助けてくれよ。みんな、捕まってるんだ。頼むよ……」

尻もちをついた姿勢を改め、勝太は頭を下げた。気づかないうちに、土下座する恰好になっている。しかし、

「断ると言ったであろう」

「どうしてだよ」

勝太は食い下がるが、サイコロノ介は首を縦に振らない。

「妖怪の味方をする理由などなかろう」

「理由って、同じ妖怪だろ」

「同じではない」

サイコロノ介は斬《き》り捨てる。

「我々はおもちゃだ。それを言えば、人形に近い」

言われてみれば、その通りかもしれない。

「そんな……」

「分かったら、早く帰れ」

サイコロノ介は背を向けた。

2

草木も眠る丑三つ時、サイコロノ介に蠅《はえ》でも払うように追い払われた勝太とサジは、まだおもちゃの町にいた。

夜闇に紛れ、泥棒のように、こそこそ歩いているが、例によって、サジが何をしようとしているのか知らない。

勝太は、黙っていることに耐え切れなくなった。

「サジ、どこに行くんだよ？」

「助けてくれって、頼みに行くんだよ」

声を潜めながらも、黒猫の飛脚は足を止めない。

「頼むって、誰に？」

ほんの数刻前、サイコロノ介に断られたばかりである。

「〝女王様〟だよ、勝太」

人の世では徳川幕府になって以来、武家も商家も男が当主となるようになったが、それまでは織田信長《おだのぶなが》の叔母のおつやの方を始め、女城主は珍しくなかった。

男女の差どころか、性別そのものが曖昧《あいまい》なもののけたちの上に、女が君臨していても不思議はない。しかし、

「どうして、こんな夜に行くんだよ？」

女王様とやらに、頼みに行く時刻ではあるまい。

「普通に行ったら、追い払われるからだよ」

つまり、約束なしで押しかけるつもりなのだ。

聞けば、人の子たち――殊に、子供たちと親交の深いおもちゃたちは、朝日とともに目覚め、日没とともに眠るという。

「今なら、きっと誰もいないはずだよ。たぶん」

心許ないが、言われてみれば静まり返っている。みんな寝ていると聞き、ほんの少しだけ勝太は落ち着いた。

「ここが、おもちゃの町か」

改めて、勝太は周囲に目をやる。人の町——つまり、妖怪の町と似た景色が広がっている。商家もあれば長屋もある。サジの向かう先には城まであった。

しかし、そっくりそのまま同じというわけではない。どれもこれも小さいのだ。屋根が勝太の胸の辺りまでしかない。木々や草まで小さく、気のせいか、空に浮かぶ月まで小さく見える。

「こんな町で暮らせるのかよ」

「何しろ、おもちゃの町だからね。これで十分なんだよ」

サジが言ったとき、ぱからぱからと音が聞こえて来た。

「馬？」

そんな気もしたが、それにしては音が軽すぎる。

いずれにせよ、あまりよい状況ではなかろう。

「逃げた方がよくないか？」

勝太の言葉に、サジが首を振る。

「もう手遅れだよ。見つかっちゃってる」

「え？」

戸惑う勝太の目に、張子《はりこ》の馬が何頭も飛び込んで来た。

よく見れば、張子の馬だけではなかった。

猪鹿蝶《いのしかちょう》、花鳥風月模様の花札たちが馬に乗っている。サイコロノ介と同然、取ってつけたように花札から手足が生えていた。

「おまえたちのことはサイコロノ介殿から聞いている」

牡丹の絵の描かれた花札が言った。

「女王様に会わせておくれよ」

頭を下げるサジに向かって、手足の生えた花札が刀を抜いた。爪楊枝のような小さい刀だが、ぎらりぎらりと刃が剣呑に光っている。

「ならぬ」

芝居がかった仕草で言い放った。

「サイコロノ介殿にも言われておる。——有無を言わせず斬り捨てよ、と」

その言葉を受け、他の花札たちが一斉に抜刀した。いくら小さな刀でも、これだけの数に斬りつけられてはただではすむまい。

「サジ、どうしよう……」

猫又に助けを求めた。しかし、

「どうしようもないよ、勝太」

すっかり諦めた顔をしている。潔いと言えなくもないが、このまま引き下がるわけにはいかない。一刻も早く、かえでたちを助けなければならないのだ。

だからと言って、助かる方法が思い浮かぶわけでもない。勝太は思わず大声を上げた。

「話くらい聞いてくれたっていいだろッ」

町中に響き渡るほどの大声だったが、手足の生えた花札は動じない。

「断る——斬れ」

素っ気ない口振りで命じた。

「御意」

張子の馬に乗った花札たちが迫って来る。おもちゃの町の〝女王様〟とやらの警護なのか、見るからに捕り物慣れしており、気づいたときには、ぐるりと囲まれていた。逃げ場もない。

これまで何度もひどい目に遭ってきたが、その中でも指折りの危機だ。サジは諦め切っているし、妖怪たちもここにはいない。

「助けてくれよ……」

勝太の口から泣き言が、ぽろりと落ちた。無力な自分が情けなかった。

すると、闇の向こうから返事が戻ってきた。

「あたしのこと、呼んだ？」

見れば、いつの間にか、勝太のすぐ近くに姉様人形が立っている。しかも、その姉様人形には見おぼえがあった。

「まさか……お千代？」

かつて、かえでに作ってやった千代紙の人形の名を口にした。そのとたん、牡丹の花札が勝太を怒鳴りつけた。

「無礼者ッ」

さらに、手足の生えた花札はぴょんと跳び上がり、飛び乗る恰好で勝太の頭を地べたに押さえつけた。

「痛《いて》えッ」

見かけはおもちゃでも、もののけの類《たぐい》だけに力は強い。

両手をばたばたさせても、花札は離してくれない。

「頭《ず》が高いッ。あのお方をどなたと心得るッ」

芝居がかった口振りで花札は言った。

「誰って、お千代だろ?」

言ったとたん、再び、「無礼者ッ」と花札に怒鳴りつけられ、その上、ぽかりと頭を叩かれた。

「乱暴はダメよ」

下町の世話女房のような話し方で、お千代が口を挟んだ。

「御意」

花札がかしこまった。

「まさか……」

そのまさかであった。

「あのお方が、おもちゃの町の女王様だよ」

サジは言った。

3

「吾輩は逃げるのう……」

小声で呟き、つくもんは座敷牢の天井板にへばりついた。ひっくり返った恰好で、天井を床に歩いている。

下方の畳の上では、かえでたちや公方様が眠っている。

「付き合っていられぬのう」

つくもんはため息をついた。

かえではともかく、公方様を含む他の連中は、つくもんを白額虎並みに強いと信じ切っている。

「困った連中だのう」

招き猫は独り言を続ける。かえでや勝太は勘づいていたようだが、つくもんと白額虎の間に血の繋がりなど一滴もない。まったくの無関係である。

「化け物相手に勝てるわけがないのう」

声を潜めていることもあり、つくもんの声は消え入りそうだった。

唐で生まれたというのは嘘ではない。神仏の仲間というのも本当だった。

＊

水墨画に描かれるような幽玄な山奥で、つくもんは仙虎として生まれた。和国の箱根の山より、もっと険しく、草木さえ生えていないような山である。

人の子たちは、死者の集まる山――〝泰山《たいざん》〟もしくは〝太山〟と呼んだ。ちなみに、どこまで関係があるのかは不明だが、仏典では地獄のことを〝太山〟と呼ぶこともあるという。

そんな山なので、棲んでいるのは神仙や化け物、幽霊の類ばかりだった。人の子は一人も住んでいない。

百年二百年どころか、永遠に近い寿命を持つ連中だけに暇を持て余し、毎日のように術比べをするのであった。

殊に、獣の姿をした神仙――ガマ仙人や亀仙人、仙馬などは、おのれの力を誇示したがった。この連中は野蛮で、血を流すことを好んだ。人の子を喰《く》らってはいつも血のにおいを漂わせていた。

神仙として生まれたつくもんだが、その〝力〟は微々たるものだった。化け物や幽霊どころか腕の立つ人の子にも劣る。

「平和が一番だのう」

術比べなんぞ歯牙《しが》にもかけず、当時のつくもんはのほほんと暮らしていた。

それでも霞《かすみ》を食って生きて行ける神仙だけに、それなりに幸せだった。

あの出来事が起こるまでは——。

半端な神仙であるつくもんは、平穏な暮らしを望んでいるくせに、じっとしていることができない。

ときおり、退屈を紛らわすため、麓《ふもと》に下りた。

不毛の地である泰山と違い、麓には草木が生え、魚の棲む川が流れていた。そして、何よりも人の子たちがいた。

下らぬことで争い、騒ぎ立てる愚かな人の子を見ると、気持ちが落ち着いた。

「間抜けな連中だのう」

通い続けていれば人の顔もおぼえるもので、つくもんは一人の人の子——十歳くらいの娘を見知った。

その娘は麓の村の貧しい百姓の子で、〝テンテン〟と呼ばれていた。どんな字を当てるのか、そもそも、本当の名前なのかも分からない。

ろくに物を食わせてもらえぬのか、ひどく痩《や》せこけた少女で、毎日のように泰山の麓を流れる川まで水汲《みずく》みにやって来ていた。

「惨めな娘だのう」

最初は好奇心だった。馬鹿な人の子の娘に近寄ってみたかった。

もちろん、神々《こうごう》しい白虎の姿で近づくわけにはいかない。小さな白猫に化け、つくもんはテンテンの側《そば》に近づいてみた。

「にゃお」

わざとらしく鳴いてみせると、なぜか、テンテンは困った顔になった。

「猫が嫌いなのかのう……？」

声に出さずに、つくもんは呟いた。たしかに猫嫌いの人の子もいる。

しかし、嫌われていたわけではなかった。

「何も食べ物、持ってないよ」

テンテンは言った。つくもんが餌《えさ》をねだりにきたと思っているのだ。

「無礼な娘だのう」

再び、声に出さずに呟く。

食い意地が張ってることは認めるが、仮にも神仙である。貧乏な痩せこけた小娘から、食い物を恵んでもらうほど落ちぶれてはいない。

「話にならぬのう」

と、帰りかけたとき、テンテンがうれしそうな声を出した。

「お饅頭《まんじゅう》があったよ、猫ちゃん」

どこから取り出したのか、テンテンは見るからに食いかけと分かる、半分に切られた饅頭を手に乗せた。そして、自慢げに言う。

「あたしの今日の分のご飯なんだ」

一日に饅頭半分しか、もらえぬらしい。

「半分、猫ちゃんにあげるね」

止める暇もなく、テンテンは半分の饅頭を、さらに二つに割った。

きれいに二つに割れず、大きさの違うものになった。ほんの少し悩んだ後で、大きな方をつくもんの前に置いた。

それから、言い訳するように言う。

「あたしはお腹《なか》いっぱいだから、小《ち》っちゃい方でいいんだ」

耳を澄ますまでもなく、テンテンの腹の虫はぐるるぐるると鳴っていた。

「人の子は嘘つきだのう」

つくもんは呟いた。

三日に一度だった暇潰しが、気づいたときには毎日になっていた。もはや日課である。

「テンテンに会いたいわけではないがのう」

言い訳をしながら、足繁く麓の小川に通った。

小川にテンテンがいても、すぐには顔を出さなかった。茂みの中で息を潜め、テンテンが饅頭を食い終わるのを待っていた。

つくもんの姿を見つけると、必ず、テンテンは饅頭をくれるのだ。しかも、二つに割った大きな方を。

「饅頭など食いたくないのう。迷惑な娘だのう」

顔を顰めてみたが、上手くいかなかった。

「吾輩のために飢え死にされても困るからのう」

本音が口から飛び出した。饅頭は好物だが、ただでさえ少ないテンテンの食い物を奪いたくなかった。

しかし、テンテンはテンテンで、つくもんに饅頭を食わせたいらしく、中々、一人で食おうとしない。

「猫ちゃんッ、お饅頭だよッ」

声を上げて、さがし回っている。

誰かに必要とされるのは、つくもんにとって初めての経験だった。照れくさいが、悪い気分ではない。

「仕方がないのう」

と、茂みの中から足を踏み出しかけたとき、テンテンの近くの地べたから、

どろろん——

——と、白い煙が上がった。

その煙の生臭さで、何が起こったのか、つくもんにはすぐに分かった。

「ゲコゲコ」

鳴き声とともに、仙人服を纏った蛙が現れた——泰山に棲むガマ仙人である。人面獣身の仙人で、その大きさは人の子の十倍はあろう。

「まずいのう……」

つくもんは隠れたまま、ため息をついた。

神仙にも、よいものと悪いものがいるが、ガマ仙人は極悪だ。食わずとも死ぬわけではないのに、好んで人の子を喰うのである。

神仙のくせに弱いものをいたぶるのが大好きで、つくもんもよく苛《いじ》められていた。

そのガマ仙人に捕まったのだ。――まず命は助かるまい。

腰を抜かしているテンテンを摘《つま》み上げ、ガマ仙人は案の定の台詞を口にする。

「旨そうじゃな」

しかし、その場で喰おうとしない。

「よいことを思いついたぞ」

歪《ゆが》んだ笑みを浮かべ、テンテンにとって、いっそう不運な台詞を口にする。

「術比べの勝者のものとするのも一興じゃな」

よほど自分の考えが気に入ったのだろう。ひとしきり、ゲコゲコと笑った後、テンテンを手に、ガマ仙人は泰山に帰って行った。

「……吾輩は知らぬのう。何も見なかったのう」

自分に言い聞かせるように、つくもんは呟いた。

親や家族ならともかく、ガマ仙人にさらわれたテンテンは赤の他人だ。つくもんが気にする謂《いわ》れは、どこにもなかろう。

そもそも、術比べの賞品にされるなら、相手はガマ仙人だけではない。今ごろ、亀仙人や仙馬にも囲まれているに違いない。

「吾輩には関係ないのう」

仔猫の姿のまま、つくもんは踵《きびす》を返しかけた。そのとき、地べたに転がっている白い何かが、目に飛び込んで来た。

「結局、食わなかったのかのう」

地べたに転がっていたのは、半分に割った饅頭であった。

一日に半分の饅頭。

テンテンの口にする食べ物はそれだけだった。それをさらに半分に割って、つくもんに分け与えてくれたのだ。ガマ仙人にさらわれなくとも、そのうち、飢え死ぬ運命にあったのかもしれない。

「馬鹿な娘だのう」

饅頭を拾い上げ、つくもんは呟いた。


テンテンを助けてやってくれ――。

ガマ仙人たちに土下座をして頼むつもりだった。

根性の歪んだ連中のことだから、つくもんをなぶるため、「術比べに出ろ」くらいは言いかねない。そのときはそのときだ。

「吾輩の本気を見せてやるかのう」

饅頭を片手に泰山を登りながら、つくもんは自分に言い聞かせた。テンテンを助け出すため、恐ろしいガマ仙人たちを相手に、戦うつもりでいたのだ。

「虎が蛙に負けるはずはないのう」

そう言いながら、つくもんの肢《あし》は震えている。

「武者震いだのう」

つくもんなりに覚悟を決めていた。

しかし、いつまで歩いても泰山には着かない。どこまでも山道が続く。

「おかしいのう……」

首を傾げたとき、つくもんの目の前に白い煙がどろろんと上がり、その煙の中から、しわがれたような声が聞こえた。

「わしらに用か？」

いつの間にか、ガマ仙人が立っていた。

現れたのはガマ仙人だけでなく、亀の甲羅を背負った亀仙人や人語をしゃべる馬——仙馬の姿があった。皆、一様に、にやにや笑いを浮かべている。

ガマ仙人はつくもんに言う。

「この娘を助けに来たのではないのか？」

見れば、右手でテンテンを握っている。気を失っているのか、ぐったりとしていた。とりあえず、生きているらしい。

「離してやって欲しいのう」

知らず知らずのうちに、懇願口調になっていた。ガマ仙人一人でも勝てそうにないのに、亀仙人、仙馬とそろっては、やはり、お手上げである。

「人の町に返してやってくれぬかのう？」

仔猫の姿のまま、つくもんは頭を下げた。

「よかろう。――ただし、この娘が望めばじゃがな」

ガマ仙人はゲコゲコと鳴き、人の子の姿に化けた。長い白髭の老人――つまり、人の子が仙人として思い描く姿に化けたのだった。そして、テンテンを地べたに下ろし、声をかける。

「目をさますのじゃ」

ぱちんと指を鳴らしたとたん、テンテンの目が開いた。

一瞬、きょとんとしたものの、ガマ仙人の姿を見て目を丸くする。怯えたわけではない。

「仙人様――」

テンテンは畏《かしこ》まる。人の子は、相手が神仙というだけで、無条件に敬うようにできている。

　ガマ仙人は言う。

「おまえに聞きたいことがあって呼んだのじゃ」

「はい……」

「おまえ、仙籍に入るつもりはあるか？」

　思いがけぬ言葉に、テンテンの目が丸くなる。

「仙籍？　わたしが？」

　人の子が仙籍に入ること――つまり、仙人になるのは珍しい出来事ではなかった。西王母《せいおうぼ》や麻姑《まこ》仙人など女人の仙人も多く存在する。

「もちろん、わしの家来としてじゃがな。仙籍に入れば、飢えることも死ぬこともなくなるぞ」

　ガマ仙人の言葉は嘘ではない。

「飢えることも死ぬこともなくなる……」

　テンテンは呟いた。

　心惹《ひ》かれているのが、つくもんにも分かった。何しろ、テンテンは生まれ落ちたその日から腹を減らせ、いつ飢え死ぬか分からない暮らしを送ってきたのだ。

「もうお腹、空《す》かなくなるのですか？」

その声は掠れていた。

「当たり前じゃ」

ガマ仙人はやさしい声で言った。

テンテンの目が宙を泳いだ。

「仙籍に入りたくば、こちらへ来るのじゃ」

ガマ仙人が手招きする。

「はい」

テンテンが一歩二歩と近づく。その姿は操り人形のようだった。

「止《よ》せッ。行ってはならぬのうッ」

仔猫の姿をしていることも忘れ、つくもんは大声を上げた。

「仙人になっても、そやつに嬲《なぶ》られ、扱《こ》き使われるだけだのう」

ガマ仙人に魅入《みい》られているせいか、つくもんがしゃべってもテンテンは驚かない。振り返りもせず、つくもんに言う。

「今だって苛められてるよ」

聞けば、テンテンの両親はすでに死んでおり、遠い親戚夫婦に奴隷同然の扱いを受けているらしい。

「おぬし……」

「わたし、仙人になる」

テンテンは言った。


その後も、つくもんはテンテンのことが諦め切れず、連中の棲み家に行っては何度もガマ仙人に頭を下げた。

「テンテンを人の町に返してやって欲しいのう」

「本人が仙人になりたいと言ったのじゃ」

ガマ仙人はつくもんを嘲笑《あざわら》う。

その後ろでは、ボロボロの服を着たテンテンが水桶《みずおけ》を運んでいる。

「仙人様、麓の小川のお水です」

脂汗を浮かべ、ぜいぜいと息を切らしている。

仙籍に入って不老の身になったものの、仙術が使えるわけではない。その力は人の子だったころと変わらぬはずである。疲れもするし、苦痛も感じる。腹が空かぬと言ったガマ仙人の言葉だって、大嘘だった。

「猫ちゃん、助けて……」

聞こえぬはずのテンテンの声が耳を打った。空耳と分かっていたが、黙っていられなかった。

「吾輩に任せておくとよいのう」

つくもんはガマ仙人に飛びかかった。

勝てぬまでも一矢報いるつもりだった。しかし、ゲコゲコとガマ仙人が鳴いたとたん、つくもんを取り巻く風景が、

すう――

――と、変わった。

テンテンとガマ仙人、さらには泰山が消えた。足もとには地べたさえなかった。

奈落の底に真っ逆様に落ちながら、つくもんは気を失った。真っ暗な闇の中で、ガマ仙人の笑い声とテンテンの悲鳴が聞こえた気がするが、夢だったのかもしれない。きっと悪い夢だ。

そして、気づいたときには、海に捨てられていた。ぷかりぷかりと水面《みなも》に浮かびながら、しばらく、つくもんは真っ青な空を見ていた。

それ以来、つくもんは泰山に帰っていない。白額虎のように強くなるまで、二度と帰るつもりはなかった。

きっと今も、テンテンは泰山でガマ仙人たちに、扱き使われているに違いない。眠れぬ夜には、テンテンの言ったかもしれない声が脳裏を駆け巡る。

猫ちゃん、助けて——と。

だが海を渡っても、いっこうに強くならないつくもんが、人形の化け物に勝てるわけがない。海に捨てられた記憶ばかりが蘇《よみがえ》る。

＊

「吾輩はどろんするのう」

と、千代田のお城の天井裏に入り込もうとしたとき、

「逃がさねえぜ」

そんな言葉とともに、真っ暗闇に包まれた。

「な、な、何かのうッ？」

ばたばたと暴れてみると、どうやら大きな袋の中に入れられているらしい。耳を澄ませば、

足音が聞こえ、どこかに運ばれている。

「誰の仕業《しわざ》かのう？」

聞いたが、答えは返ってこなかった。

4

そのとき、人形の静御前は座敷牢の前で、かえでたちを見張っていた。

まだ胸には罅が入ったままで、割れぬよう赤い紐で縛られている。かえでの手の温かさが、まだ残っている気がした。

痛むはずのない胸のあたりが、ずきりずきりとした。

このまま壊れてしまうのか――。

胸に手を触れてみれば、丁寧に巻かれた紐がある。割れる気配はなかった。

ただ、赤い紐に触れると、ずきりずきりの音は大きくなる。紐を縛ってくれたかえでの顔が思い浮かぶ。

「このずきりずきりは何ぞ？」

座敷牢の前で呟いてみるが、牢の中に声は届かず、誰も返事をしてくれない。人形使いでもない誰かのことを、こんなに思うのは初めてだった。

なぜ、かえでのことばかりが頭に浮かぶのか——。

人形の静御前には分からない。人形の義経を始めとする人形仲間に聞く気も起こらなかった。聞いてはならないことのように思えたのだ。

静寂の中、立ち尽くす人形の静御前の耳に物音が聞こえてきた。城の外からのようで、しかも、少しずつ近づいてくる。

「何事ぞ？」

城の外に目をやると、鶴が何羽も飛んでいた。

それも、ただの鶴ではない。

千代紙で折られた折り紙の鶴だ。

折り鶴のもののけだ。

八　決戦

1

「かえる、合戦が始まるぞ」

　そんなお墨の声で、かえでは目をさました。お墨だけでなく、おぎんにおくま、公方様も起きており、窓の外を眺めている。

「合戦って――？」

　寝惚《ねぼ》けた頭で聞き返した。

「勝太と白額虎が助けに来てくれたぞ」

「え？」

　かえでは飛び上がり、窓に駆け寄った。天守の破風近くの座敷牢の窓だけに、妖怪の町が一望できた。

町を見るより先に、信じられぬ光景が目に飛び込んで来た。

「お兄ちゃんとつくもんが飛んでる……」

かえでは自分の目を疑った。

勝太がつくもんの背に跨《また》がり、空を飛んでいる。もちろん、高所恐怖症のつくもんのことで、子供の背丈ほどの高さも飛んでいないが、とにかく、千代田のお城に向かってきていることは確かだった。

しかも、何やら揉《も》めている。

「もっと高く飛べよッ」

「任せておくといいのう。——とうッ」

掛け声ばかりで、たいして変わらない。

さらに、二人の後ろには、いくつもの影があった。

先頭を走っているのはサジとナルだ。二人そろって、千代田の城に向かって疾風のように駆けて来る。

これだけであれば、まだ多勢に無勢、千代田の城を手中に収めた浄瑠璃人形相手に玉砕するだけだろうが、他にも味方らしき影がいた。

空を見ると竹蜻蛉《とんぼ》と折り鶴、さらには奴凧《やっこだこ》の妖かしが飛んでおり、地べたには大軍の襲来を知らせる土煙が立っている。

土煙の中から、手足の生えたサイコロや花札、張子の馬や犬が走って来る。数え切れぬほどの大軍だ。

「あれは何？」

かえでの言葉に答えたのは、妖怪の町の将軍・公方様であった。

「あれは、おもちゃの町の連中だ」

妖怪の町以外にも、様々なもののけの町があるという。ただ、お互いに不干渉、滅多に交わることはないらしい。

「なぜ、来てくれたのだ？」

公方様が首を捻った。

妖怪の町の将軍でさえ分からぬ疑問を解いたのは、かえで本人だった。

「お千代……」

見おぼえのある、愛嬌《あいきょう》のある顔立ちの人形が、おもちゃたちを率いている。見間違えるはずがない。かえでのために勝太が作ってくれた姉様人形である。いつの間にか、消えてしまったお千代が、目の前に現れたのだ。

「おもちゃの町の女王ではないか」

公方様が唖然《あぜん》としている。

「かえでちゃん、今、助けに行くわよッ」

お千代の声が妖怪の町に響いた。


あっという間に勝負はついた。

勝太やかえでの住む江戸の町を見ても、浄瑠璃人形に比べ、おもちゃの数は圧倒的に多く、当然のように、もののけの数もおもちゃの方が多かった。

「たいしたことなかったわね」

千代田のお城の天守で、お千代が勝ち誇っている。

「くっ」

人形の義経は舌打ちするが、すでに雁字《がんじ》搦《がら》めに縛り上げられている。静御前や弁慶を筆頭とする、その他の源平の人形たちも鳥籠に閉じ込められてあった。

完全勝利――。

「おれの実力が分かったか」

勝太は威張っている。

「吾輩の実力だのう」

つくもんも胸を張っている。

実のところ、勝太とつくもんは何もしていない。走り回っているうちに、すべては終わっていた。

ちなみに、座敷牢でつくもんに袋を被せたのはナルの仕業だった。

考えるまでもなく、千代田のお城の蔵さえ破るナルを閉じ込めておけるはずはなく、早々に牢から脱出し、天井裏に潜んでいたという。

忍んでいたのは、サジの依頼であった。

「依頼って、何の依頼をしたんだよ？」

勝太はサジに聞いた。

「泥棒には泥棒の仕事を頼んだんだよ」

「泥棒の仕事？」

そう言われても、何なのか分からない。

「泥棒の仕事は盗むことに決まってんだろ」

「だから、何を盗むんだよ？」

「かえでたちさ」

ナルは言った。

サジから受けた依頼は、千代田のお城から、かえでたちを盗む——つまり、助け出すことだった。

「助け出してねえじゃん」

勝太は言ってやった。

千代田の城の座敷牢から逃げ出しかけたつくもんを袋詰めにしただけで、かえでたちには指一本たりとも触れていない。

実際、勝太たちが城を落とすまで、かえでたちは座敷牢に閉じ込められていた。

「無理に城の外に出たって、危ないだけだからね」

サジは肩を竦めた。

ナルに依頼した仕事というのは、ただ助け出すのではなく、〝危ない目に遭いそうになったら助け出せ〟というものであったらしい。

「おもちゃと人形の合戦が始まる寸前の、あの状況で一番危ないのは、逃げ出すことだからな」

だから、つくもんを袋詰めにしたというのだ。

「こんな安物の招き猫を盗むことになるとは思わなかったぜ」

渋い声でナルは言った。

2

それから数日間、かえでは勝太と妖怪の町の寺子屋で寝起きしていた。

サジとナル、そして、おもちゃの町のもののけたちのおかげで、妖怪の町は平穏を取り戻していたが、千代田のお城を奪われるという大きな事件だっただけに、まだ完全に騒ぎは収まっていなかった。どさくさ紛れに姿を晦ました人形たちもいる。

「調べることは山ほどある」

公方様の腹心にして、妖怪奉行の犬神は顔を顰めていた。勝太やかえでにも聞きたいことがあるという。

そんなわけで妖怪の町に足止めされているものの、実際に城を落とした人形たちの取り調べが先らしく、勝太とかえでは放置されていた。

「退屈だったら、おもちゃの町に遊びに来なさいよ」

お千代は言ってくれたが、勝太はともかく、かえでが妖怪の町から動こうとしない。毎日のように、千代田のお城に出かけていく。下手人となった人形の静御前に、会いに行っているのだ。

「まだ怪我が直ってないんだよ」

かえでは心配している。

簡単な手当てを受けたが、思いのほか鋳は深く、いまだに赤い紐で割れるのを防いでいる状況であった。

「無理したら、静御前が死んじゃうよ」

そう言っては面会に行っていた。

放っておくこともできず、勝太とつくもんはかえでの後を追うのだった。

「仕方ねえなあ」

「世話が焼けるのう」

二人そろって、ため息をついた。

当たり前と言えば当たり前の話だが、人形の静御前は妖怪の町を奪おうとした悪妖怪の一味である。行っても会わせてもらえぬことの方が多かった。

ときおり会わせてもらえても、人形の静御前はろくにしゃべらず、牢代わりの鳥籠の中で俯《うつむ》いていた。かえでが話しかけても無視するのだ。

気が短いのは江戸っ子の悪い癖。

「こんなやつ、放っておけよ」

「早く帰った方がいいのう」

黙りこくる人形の静御前に痺《しび》れを切らし、勝太とつくもんは先に帰ってしまうことが多かった。

それでも、かえでは帰らなかった。千代田のお城の役人に追い出されるまで、静御前の近くにいた。

口を利かぬ人形相手に、かえでは色々なことを話して聞かせた。

「この前ね、お兄ちゃんとつくもんと一緒に、釣りに行ったの。つくもんが川に落ちて、お兄ちゃんが助けようとしたんだけど、結局、二人とも落ちちゃったんだよ。川に落ちるなんて、お芝居みたいだね」

そのうち、静御前も一緒に釣りに行こうね――。そう言いかけたとき、

カンカンカンカンカンカン――――

――と、半鐘《はんしょう》の音が鳴り響いた。

「火事だよッ、静御前ッ」

火事の多い江戸で生まれ育ったかえでは、すぐに分かった。半鐘を連打する音によって、火もとの近い遠いが分かるが、五連打の半鐘は、近く——千代田のお城からの出火を知らせる音である。

「早く逃げないとッ」

逃げ出そうと静御前の鳥籠を抱えたとき、廊下に続く引き戸の隙間から煙が入り込んできた。

窓から外に目をやれば、かえでのいる千代田のお城が盛大に燃えている。

公方様や犬神を始めとする妖怪役人たちの安否は分からぬが、かえでと人形の静御前のいる牢屋敷は、すっかり炎に包まれていた。逃げ道はない。廊下に出て行くことさえ、できない状態だ。

「嘘……」

かえではぺたりと座り込んでしまった。

3

半鐘の音を耳にして、慌てて踵を返した勝太とつくもんだが、千代田のお城に戻ったときには、すでに城全体が炎に包まれていた。

火事に紛れ、妖怪や捕えられていた人形たちが城から飛び出して行く。

そんな中、空を飛ぶことのできないかえでの姿が、天守の破風近くの牢の窓から見えた。

「かえでッ」

「吾輩も行くのうッ」

燃え盛る千代田のお城に駆け込もうとしたとき、突然、目の前に巨大な壁が現れた。止まることができず、つくもんが壁に激突し、「むぎゅッ」と気を失った。勝太の身体が地べたに転がった。

すぐに立ち上がり、再び、駆け出そうとしたが、

「ぬぅ」

唸り声を上げながら、巨大な壁は行く手を遮る。壁の付喪神――ぬりかべだ。

「退《ど》けッ」

怒声を上げるが、ぬりかべは退いてくれない。でかい図体で、千代田のお城への道を塞《ふさ》いでいる。

無理やりに通ろうとしたとき、背後から抱き止められた。

「危ないでござるよ」

カマイタチが両手で勝太を押さえつけている。

背後に立っているのはカマイタチだけではない。

サジや青行灯にぬらりひょん、それから、公方様や犬神たち千代田の城の妖怪たちもいる。

逃げ遅れたのは、かえでと人形たちだけらしい。

いっそう勝太は焦る。

「離せッ。かえでを助けるんだッ」

勝太は暴れるが、カマイタチは離してくれない。強い力で勝太を雁字搦めにする。

「どうして、離してくれないんだよッ」

「勝太。あれを見て」

冷静な声でサジは言うと、城の上空を指さした。

「あれは――」

勝太は息を飲んだ。

千代田のお城の屋根の上に、人形の和藤内が浮かんでいた。宙から地べたの妖怪たちを睨みつけている。

紅流《べにながし》し。

『国性爺合戦』の見せ場である。

泉水に流れる紅を見て、和藤内が城に乱入する場合は人気も高く、江戸っ子たちの語り草となっている。

千代田のお城を包む炎は紅色で、人形の和藤内によく似合っている。

燃え盛る紅蓮《ぐれん》の炎の中、荒々しい隈取も鮮やかに、人形の和藤内は吠える。

「なんで燃やすんだ？　この町が欲しいんだろ？」

勝太の言葉に、人形の和藤内が不敵に笑った。

「関係ない」

「何だと？」

「妖怪の町など、すべて燃えてしまうがいいッ」

その声を遮るように、

ぶわりッ――――

――――と、青白い炎が立った。

「ふざけるなッ。きさまの好きにはさせぬッ」

冷たい殺気を含んだ声が轟《とどろ》いた。見れば、青白い炎を全身に纏った妖怪奉行――犬神が宙に浮かんでいた。

しかも、犬神の背後には、何百もの骸骨を従えた骸骨武者が浮かんでいる。

「妖怪の町の武士を甘く見たな、人形」

犬神たちが人形の和藤内を包囲する。

「勝負あったみたいだね」

サジが呟いた。

公方様を人質に取られていたときとは違う。公方様に害が及ばぬならば、死を賭して戦うだろう。

「犬神は強いよ」

分かり切ったことを猫又は言った。強くなければ、妖怪たちを取り締まる役職は務まるまい。

心なしか、千代田の城の炎が弱くなっている。人形の和藤内さえ排除すれば、火を消すこともできるかもしれない。

「潔く、お縄を頂戴《ちょうだい》せぇッ」

犬神は言い放った。

その言葉を耳にして、追い詰められているはずの人形の和藤内が笑った。

「きさまらの負けだ」

嘲《あざけ》るように言うと、懐から何枚もの紙片を取り出した。――妖怪たちを搦めとった伊勢神宮の札だ。

「む」

さすがの犬神も舌打ちする。それほどまでに、妖怪と伊勢神宮の札は相性が悪いのだ。そのとき、

「拙者にお任せくだされ」

骸骨武者が、二人の間に割って入った。犬神の返事を待たず、背丈より長い大太刀を手に、人形の和藤内を睨みつけた。

「拙者が札を斬る」

大太刀を正眼に構え直し、骸骨武者は言い切った。

口振りこそ静かだが、骸骨武者の構えには隙がない。

骸骨武者の剣術の腕前は、勝太もよく知っている。飛んでくる伊勢神宮の札を斬り捨てることも、不可能ではなかろう。が、

「馬鹿め」

呟きとともに、和藤内は伊勢神宮の札を放り投げた。

「斬ると言っておろうがッ」

骸骨武者は吠えたが、大太刀は札に届かなかった。

「何だとッ?」

骸骨武者に殺到すると思われた札は、思いもかけぬ方向に飛んだ。

千代田のお城。

伊勢神宮の札が、燃え盛る城へと吸い込まれて行く。

「まさか――」

犬神の言葉が合図であったかのように、消えかかっていた千代田のお城の炎が、再び、

ぶわり――
――と、燃え上がった。

伊勢神宮の札の霊力で、炎を煽《あお》り立てたのだ。紅蓮の炎が妖怪の町の空を赤く染める。

「清めの炎だ」

そう言い放つと、人形の和藤内は伊勢神宮の札の後を追った。激しく燃え盛る千代田のお

城に飛び込むつもりなのだ。紅の炎に吸い込まれながら、人形の和藤内の怒声が響く。

「これが和藤内の生き様だッ。見たかッ、妖怪どもッ」

最初から散る場所を求めて、人形の和藤内は妖怪の町にやって来たのだ。地味に生きるより、華々しく散りたがる武人は珍しくない。

「華々しく散ってやろうぞッ」

その声が消えるより先に、『国性爺合戦』の人形の姿が、炎の中に消えた。

4

「大丈夫だよ。大丈夫だからね、静御前」

迫り来る炎の中、かえでは同じ言葉を繰り返していた。胸には、しっかりと人形の静御前の入った鳥籠を抱いており、その姿は子を守る母親のようだった。

「わたしが守ってあげるからねッ」

咳《せ》き込みながら、かえでは言葉を続ける。

「大丈夫だからね、大丈夫だからね」

言葉とは裏腹に、煙と熱気に巻かれ、かえでは立ち上がることもできなくなっていた。涙だけが零れ落ちる。

それでも、人形の静御前が入った鳥籠は離さない。もののけだろうと、かえでにとっての大切な友達だから。

炎は迫りつつあった。先刻よりも、いっそう炎は激しくなり、めらめらと千代田の城が燃える音がやけに耳につく。

いつ燃え落ちても不思議はない――。

かえでは、そのときを覚悟した。

煙と熱気の中、鳥籠の中から、人形の静御前の声が聞こえた。

「妾を鳥籠から出さぬか、人の子」

「え？」

「人の子ごときと違い、妾は空を飛ぶこともできようぞ」

「……そっか」

なりこそ小さいが、人形の静御前はもののけの類なのだ。空くらい飛べるだろう。かえでのような幼い人の子が守らなくとも、自分で逃げることができるのだ。

「そうだよね」

自分のものとは思えぬほど、かえでの声は小さかった。

「それとも、妾を殺すつもりぞ？」

「そんなことないよ。今、出してあげるからね」

かえでは鳥籠を開けた。

人形の静御前が解き放たれた。

「お別れぞ、かえで」

そう呟くと、人形の静御前は千代田のお城の窓から出て行った。振り返りもしなかった。

燃え盛る炎の中、かえでだけが取り残された。


鳴り続ける半鐘の音が、人形の静御前には古びた鼓の音に聞こえた。美しく舞うために調子を取ってくれる鼓の音だ。

その音に鼓舞されるように、人形の静御前はいっそう高く舞い上がった。

向かっている先は安全な地べたではない。先刻まで、人形の和藤内がいた場所――城の上空であった。

「一世一代の大舞台ぞ」

半鐘の音に合わせ今様を口ずさみながら、静御前は舞い始めた。

仏は常にいませども
現《うつつ》ならぬぞあはれなる
人の音せぬ暁《あかつき》に
ほのかに夢に見え給《たま》ふ

人形ではない、本物の静御前の舞いには不思議な力が宿っていた。源義経とその主従を描いた『義経記《ぎけいき》』に、こんな話が残っている。

日照りの続く平安の世のある日のことである。後白河法皇は百人の僧に雨乞《あまご》いの読経をさせたが、一粒の雨も降らない。

そこで、今度は百人の白拍子に舞わせ雨を祈った。

九十九人まで、祈りは天に届かなかったが、百人目に静御前が舞ったとたん、もくもくと黒雲が現れ、ぽつりぽつりと雨が降り始めた。その雨は大降りとなり、三日三晩、降り続いたという。

〝神ノ子〟

静御前の舞いを見て、後白河法皇が呟いた言葉であった。

江戸の世の妖怪の町で、〝神ノ子〟人形の静御前は雅に舞う。

伊勢神宮の札を飲み込んだ千代田の城の炎は激しく燃え上がり、静御前の身体を焦がしていく。今にも炎に飲み込まれそうだった。

舞うことなどやめて、城から遠ざかれば焦げることはあるまい。

しかし、人形の静御前は踊り続ける。今も、煙に巻かれているであろう、人の子のかえでを思って。

「おぬしに会えて、よかったぞよ」

身体を焦がしながら、呟いた。

人形浄瑠璃の人形は人の子に作られ、操られることによって命を吹き込まれる。化け物と言われようが、結局は人の子が好きなのだ。人の子に見られることで、輝くように作られているのだ。

それなのに、もう少しで、人の子を嫌いになるところだった。

捨てられた暗く湿った東海道の藪の中で、人形の静御前は暗い時をすごした。人形浄瑠璃の仲間たちと再会してからも、胸の中に冷たいかたまりがあった。

それを溶かしてくれたのが、かえでだった。

「礼を言うぞ、人の子」

ふと胸もとを見ると、赤い紐が焦げ、ゆっくりと解《ほっ》れ始めている。胸の傷は思いのほか深く、赤い紐がなくなれば、舞い続けるどころか飛んでいることもできまい。

「妾の最後の舞いぞ」

ぽつりぽつりと雨が降り始め、みるみるうちに大粒になった。

やがて雨は炎を飲み込み、千代田のお城の火は消えた。

そして、いつの間にか、人形の静御前の姿も消えていた。

顚末

1

「また、来るね、静御前」

作ったばかりの小さな墓に、かえでは手を合わせた。命がけで、かえでを救ってくれた人形の静御前の墓だ。墓の下には、炭と化した人形の静御前の破片が眠っている。

かえでの左の手首には、焦げかけた赤い紐が縛ってある。静御前の胴体に巻いてあった赤い紐だ。

あのとき――千代田のお城から助け出された後、妖怪たちの力を借りて、かえでは人形の静御前をさがした。

すぐに見つかったが、すでに動かなくなっていた。

その身体を拾い上げ、かえでと勝太は寺子屋の枯れ井戸の近くに墓を作ってやった。早いもので千代田のお城が燃え落ちてから、三日の時が流れている。

「早く帰るぞ、かえで」

「さっさと人の町に帰るのう」

勝太とつくもんが呼んでいる。

かえでは、ゆっくりと人形の静御前の墓から離れた。

＊

「あたしってば、ちょっと疲れたわ」

瓦礫《がれき》と化した千代田のお城の裏にある枯れ井戸の手前で、青行灯がため息をついた。その身体には縄が縛られており、かえでや、勝太、つくもんと繋がっている。

「あと一回だけ頼むよ」

勝太が拝む真似をする。

本物の枯れ井戸に飛び込んだときのために、青行灯を命綱の係にしたのだ。

その甲斐《かい》あって死なずに済んでいた。今日は運が悪いらしく、人の町に繋がる井戸がなかなか見つからず、落ちては青行灯に引っ張り上げられていた。

「ちょっと、サジちゃんかぬらりひょん、あたしと代わってよ」

身体の縄を解き、見送りに集まった妖怪たちに仕事を押しつけようとする。

燃え尽きた千代田のお城の後始末に忙しい公方様や、役人の妖怪たちを除いた、皆の顔が並んでいた。

「おいら、力ないからねえ」

「わしもだのう。ひょひょひょ」

「わたしたちは人の子だからな。そんな力はない」

「んだ」

「残念ですわ」

どうやら、町人妖怪の中では青行灯がいちばんの力持ちらしい。

「頼むよ、美人の青行灯」

商売を始めてから、めっきり口の上手くなった勝太が男女の妖かしをおだてる。

「まあ、勝太ちゃんってば正直ねえ。――あたし、もうちょっと頑張っちゃうわ」

と、縄を結ばず大空に舞い上がった瞬間、青行灯の痩せた身体が、どかりッ――

――と、地べたに叩きつけられた。

よほど強く叩きつけられたのか、男女の妖かしは地べたでぴくりとも動かない。

「この前は世話になったな」

低く太い声が轟いた。

見れば、焦げた身体の大きな人形が、ふらふらしながら宙に浮かんでいる。

「生きていたのか、和藤内」

勝太が睨み返す。

「人の子、きさまだけは殺す」

人形の和藤内が最後の力を振り絞るかのように唸り声を上げ、勝太に襲いかかろうとした刹那《せつな》、

すぱんッ――

――と、風が鳴った。

「勝太殿とかえで殿は、それがしが守るでござるよ」

そこには、両腕を刀にしたカマイタチの姿があった。

剣術使いの妖かしに真っ二つに斬り裂かれ、人形の和藤内の身体が地べたに落ちた。

「今度こそ、終わりでござるな」

カマイタチが呟いたとき、地べたの人形の和藤内が笑った。

「終わりなのは、きさまら人の子だ」

勝太とかえでを睨みつけながら、和藤内は言う。

「枯れ井戸の上を見てみろ」

「上……？」

いつの間にやら、枯れ井戸の上空に家一軒はあろうかという瓦礫のかたまりが浮いている。

さらに目を凝らせば、そのかたまりには伊勢神宮の札が貼られていた。

「すでに他の枯れ井戸は埋めた」

「何だとッ？」

「これで、二度と人の町に帰れまい」

そう言って、和藤内は動かなくなった。これが、人の子を恨み抜いた人形の最期《さいご》だった。

2

瓦礫のかたまりが枯れ井戸を目がけ、ゆっくりと落ちてくる。見れば、伊勢神宮の札の力か、炎が燻《くすぶ》っている。

「お兄ちゃん――」

かえでは勝太を見たが、あまりの出来事にぽかんと立ち尽くしている。

二度と人の町に帰れなくなってしまう――。そう思ったとき、瓦礫のかたまりがぴたりと止まった。

「勝太、かえで……、早く行くんだ……」

「サジ」

勝太が猫又の名を呼んだ。

小さな黒猫が身体を焦がしながら、必死に瓦礫のかたまりを押し返そうとしている。

「おいら、二人のことを人の町に届けるよ……」

しかし、非力なサジのこと、支え切れずに、少しずつ押されていく。しかも、伊勢神宮の札のせいか、まともに妖力を使えぬらしい。

「サジ、もうやめて。死んじゃうよ……」

小さな身体が焦げ始めている。

「おいら、やめないよ……。仕事は……ちゃんとやるから」

サジの言葉が空《むな》しく響いた。声が掠れている。

「本当だよ……」

黒猫の身体から力が抜けた。瓦礫のかたまりがサジを押し潰そうとしたその刹那、再び、

ふわり――
――と、浮き上がった。

「仕事なら仕方ないのう。手伝ってやるのう」

「人使いの荒い話だぜッ」

ぬらりひょんと河童《かっぱ》の九助《きゅうすけ》が、瓦礫のかたまりを支えている。

「文福も手伝うよ」

「黙って手伝うよ」

文福茶釜と五徳猫の姿もある。

他にも、何匹もの妖怪たちが瓦礫のかたまりを支えている。

しかし、相手が悪い。

妖怪の天敵とも言える伊勢神宮の札を前に、一匹、二匹と力尽きていく。

最後に残ったのは、やっぱりサジであった。

「おいら、半人前の妖怪だから……、お札なんて平気だよ……」

確かに、しっぽも裂け切っていない猫又だからか、他の妖かしよりは伊勢神宮の札の影響が少ないようだ。それでも、今にも押し潰されそうだ。

早く井戸に飛び込まなければ、サジが死んでしまう。

しかし、かえでと勝太は動けなかった。ここで枯れ井戸に飛び込んだら、サジを見捨てることになる。それにおそらく、二度と妖怪たちに会えぬのだ。

「もうやめて……。わたし、人の町に帰りたくない……」

かえでは正直に言った。人の町に馴染めず、むしろ妖怪の町で暮らしたかった。しかし、

サジはきっぱりと言った。

「ダメだよ、かえで」

「どうして？」

「おいらたちは化け物で、かえでは人の子なんだ。人の町で暮らした方がいいに決まって

る」

「そんな……」

「それに、妖怪の町に来るのは、死んで幽霊になってからでも遅くないでしょ」

と、軽く微笑み、つくもんに目を移した。

「勝太とかえでのことを頼むよ、つくもん」

「吾輩に任せておくといいのう」

招き猫が請け負った。「テンテンの二の舞になってはいかんのう」と、わけの分からぬ台詞を付け加え、かえでと勝太を枯れ井戸に追いやった。

「早く帰らぬと、妖怪たちが死んでしまうのう」

その言葉に嘘はなく、伊勢神宮の札で、身体が崩れかけている妖怪までいる。

「かえで、帰るぞ」

勝太が心を決めた。

「でも、お兄ちゃん……」

「帰るんだ、かえで」

兄の目には涙が光っていた。

「妖怪たちのことが好きなら、帰るしかないんだ……」

勝太はかえでの背中を押した。

「かえる、元気でな。死んだら、また会おう」

お墨の声が聞こえた。

3

数日後のことである。

「くっ……」

人の町の町外れに、一体の人形がいた。人形たちの首領格であった義経だ。騒ぎの中、枯れ井戸に飛び込んだのだ。

もちろん無傷ではない。

千代田の城を燃やした炎は、人形の義経の身体を焦がし、右腕と左足を奪い取っていた。

周囲には、雑木林と百姓の家が並んでいる。せめて、人の子のいない雑木林の茂みに隠れようとしたが、人形の義経の身体は限界に来ていた。身体中が軋み、動くことができない。

完全に壊れてしまうのも、時間の問題に思えた。

追い打ちをかけるように、しとしとと雨が降り始めた。

冷たい水滴に打たれながら、人形の義経はずっと頭を駆け巡っている疑問を口にした。

「なぜですか……？　なぜ、人の子のために……死んだのですか？」

思い浮かぶのは、静御前の顔だ。

一緒に妖怪の町で暮らせるはずだった。

火事に紛れて逃げていれば、この先、逆襲の機会はあったはずである。

魂の半身として分かり合っていたつもりだったが、途中から彼女の考えていることが分からなくなった。

本人に自覚があったか定かでないが、千代田の城で作戦を話し合っていたときも心ここにあらずだった。

人の子に惹かれている——。そう気づいたときには手遅れであった。もはや、取り返しのつかぬほどに、静御前の心は、妖怪の町を占拠することから離れていた。

いくら考えても分からない。

降り続ける雨が、人形の義経から考える力を失っていく。

このまま朽ち果てるのも悪くあるまい。薄れ行く意識の中で、そんなことを少しだけ思った。

「吾輩は泰山にテンテンを助けに行くのう」

「勝手に行けよ」

「勝太も連れて行ってやるのう」

「馬鹿言ってんじゃねえッ」

「馬鹿は勝太だのう」

「何だと？」

「二人とも喧嘩しちゃダメだよ。仲よくしようよ」

「つくもんが悪いんだよ、この間抜け猫が」

「吾輩は間抜けでも猫でもないのう。——ん？　あんなところに、何か落ちてるのう」

「本当だ。お人形みたいだよ、お兄ちゃん」

「また変なものを拾うつもりかよ」

「変じゃないよ、お人形だよ」

「人形……。少しだけ嫌な予感がするのう」

4

「おう……。しかも、黒焦げでよく分かんねえけど、何か見おぼえがあるような気がするなあ……」

「取り敢えず、連れて帰るかのう」

「うん」

かえではうなずいた。

この作品は書き下ろしです。

幻冬舎時代小説文庫

●好評既刊
唐傘小風の幽霊事件帖
高橋由太

赤い唐傘を差し、肩に小さなカラスを乗せた無愛想な美少女幽霊「小風」が、寺子屋のへたれ師匠・伸吉を襲う悪霊どもを、無類の強さで退治する。幽霊、妖怪何でもござれの大江戸ラブコメ！

●好評既刊
恋閻魔
唐傘小風の幽霊事件帖
高橋由太

寺子屋の若師匠・伸吉の家には美少女なのに滅法強い小風ら、奇妙な幽霊たちが居候している。ある日、殺し屋の音之介が現れ「小風は閻魔の許婚」と告げる。その矢先、閻魔から手紙が届き――。

●好評既刊
妖怪泥棒
唐傘小風の幽霊事件帖
高橋由太

寺子屋の若師匠・伸吉のもとから美少女幽霊・小風が突然姿を消し、二匹のチビ妖怪も何ものかに攫われてしまう。事件の陰に石川五右衛門の幽霊がいることがわかるが――。シリーズ最高傑作！

●好評既刊
あやかし三國志、ぴゅるり
唐傘小風の幽霊事件帖
高橋由太

本所深川で幽霊と暮らす伸吉の前に、道士服を着た行き倒れ寸前の男の幽霊が現れる。伸吉は、劉備玄徳と名乗るその男と、何故かうどん屋を開くことになるが、江戸湾に謎の幽霊船が現れ――。

●好評既刊
あやかし三國志、たたん
唐傘小風の幽霊事件帖
高橋由太

閻魔大王の力で、生きながらにしてあの世へ送られた伸吉は、地獄の阿修羅たちの戦いに巻き込まれてしまう。果たして伸吉は現世に戻れるのか？大人気幽霊活劇シリーズ、堂々完結！

まねきねこ、おろろん

大江戸《おおえど》もののけ横町《よこちょう》顛《てん》末《まつ》記《き》

高橋《たかはし》由《ゆ》太《た》

平成25年12月5日　初版発行

発行人――石原正康
編集人――永島賞二
発行所――株式会社幻冬舎
〒151-0051東京都渋谷区千駄ヶ谷4-9-7
電話　03(5411)6222(営業)
　　　03(5411)6211(編集)
　振替00120-8-767643
印刷・製本―図書印刷株式会社
装丁者――高橋雅之

幻冬舎文庫

ISBN978-4-344-42120-2　C0193　た-47-8

幻冬舎ホームページアドレス　http://www.gentosha.co.jp/
この本に関するご意見・ご感想をメールでお寄せいただく場合は、
comment@gentosha.co.jpまで。